没有上锁的门

人生360度

一分钟经典故事

康桥／编著
潘方尔／绘

上海辞书出版社

目录

1. 自然蕴藏和谐

2. 大爱创造奇迹

3. 爱情点亮人生

4. 亲情温暖人心

5. 友情驱散孤独

1.

自然蕴藏和谐

☞ 回归自然意味着要承担起对自然的责任，建立人与自然的道德伦理关系，这不是在一夜之间就可以完成的任务。但起码我们对自然不再是无休止地索取，而是渴望更和谐地相处。

☞ 与人为友，与自然为友。只要你降低朋友的标准，连梅花和仙鹤也可以是我们的朋友。

☞ 站在食物链的顶端向下望，我们应该明白，我们要保护食物链，不要让它因为人为因素而断裂。

☞ 资源开发，适可而止。竭泽而渔、杀鸡取卵的最后结局，就是资源的彻底枯竭。

☞ “覆巢之下安有完卵。”我们有不同的世界，但我们只有一个地球。

故事 1

随流去

齐安国师门下有个和尚，到山里去采木头做拄杖，走迷了路，不知不觉中来到大梅的茅庵。和尚施礼而后问：“您在这里住了多久了？”

大梅说：“只见四周的山青了又黄，黄了又青。”

那和尚又问：“请问出山的路往哪儿走？”

大梅说：“随流去。”

和尚顺着溪流果然找到了出路，回去后把这件事告诉了齐安国师。齐安国师说：“一定是大梅禅师！当年，我在江西马祖那里也见过他，但是后来没有下落了。你再回去找找看，如果真的是大梅禅师的话，我一定要供养他。”就派和尚去找大梅。大梅禅师写了首偈作为回答：

摧残枯木倚寒林，几度逢春不变心，
樵客遇之犹不顾，郢人那得苦追寻。
一池荷叶衣无尽，数树松花食有余。
刚被世人知住处，又移茅舍入深居。

于是，他就迁到山的更深处去修行了。

酷评

回归自然

都市中的饮食男女在滚滚红尘摸爬滚打之后，又想着回归自然，希望在自然之中找到一片平和。回归自然俨然成了一种情结，人类渴望亲近自然，是为了回归自我。

回归自然意味着要承担起对自然的责任，

建立人与自然的道德伦理关系，这不是在一夜之间就可以完成的任务。但起码我们对自然不再是无休止地索取，而是渴望更和谐地相处。

反思人类与自然之间的关系，农业文明时期，人与自然是一种和谐相处的关系。但是当人类迈进工业文明时代后，人类与自然的关系发生了根本变化，人不再与自然和谐共处。人类与自然就成为改造和被改造的关系。人类面对没有防御能力的自然，无休止地征服、野蛮地侵夺和毫无顾忌地肆虐。大自然虽然没有防御能力，但是却有反击能力。我们会不会意识到大自然向我们人类发出的警告？能不能深刻地反思一下人类与自然的关系？每当我们利令智昏、盲目自大地奴役自然、虐待地球的时候，能不能想到我们得到的将是灭顶之灾？

故事 2

一坐 40 年

佛窟惟则禅师，宋京兆府（今陕西西安）人，少年出家后，在浙江天台山翠屏岩的佛窟庵修行。

他用落叶盖屋顶，结成草庵，以清水滋润咽喉，每天只在中午采摘山中野果以充饥腹。

一天，一个樵夫路过庵边，见到一个修道老僧，好奇地向前问道："你在此住多久了？"

惟则禅师回答道："已经 40 年了。"

樵者好奇地再问道:“你一个人在此修行吗?”

惟则禅师点头道:“丛林深山,一个人在此都已嫌多,还要多人何为?”

樵夫再问道:“你没有朋友吗?”

惟则禅师以拍掌作声,好多虎豹由庵后而出。樵夫大惊,佛窟禅师忙说莫怕,示意虎豹仍退庵后。禅师道:“朋友很多,大地山河、树木花草、虫蛇野兽,都是法侣。”

樵夫非常感动,自愿皈依作为弟子。惟则对樵者扼要指示佛法的心要:“汝今虽是凡夫,但非凡夫;虽非凡夫,但不坏凡夫法。”

樵者顿时开悟,从此慕道者纷纷而来。翠屏岩上白云飘空,草木迎人,虎往鹿行,鸟飞虫鸣,自成禅宗一派。

酷评

与人为友,与自然为友

什么是朋友?朋友就是那些可以与我们风雨同舟,可以与我们共享成功和失败的人。

那么，我们能不能降低我们对朋友的标准？按照格式塔心理学（又称完形心理学）的思路，我们思考问题的时候，可以层层地展开。好比劝慰一个特别容易受伤的女人，她是由好几个层次构成的。最底层，她是一个存在；其次，她是一个人；再次，她是一个女人；然后，她是一个容易受伤的女人；最后，她才是一个特别容易受伤的女人。劝慰这样一个女人，只要指出她为什么特别容易受伤，就可以了。

所以，只要我们把自己适当地降低一个层次，那朋友就无处不在了。北宋林逋隐居杭州西湖孤山，无妻无子，种梅养鹤以自娱，自称“梅妻鹤子”。只要你降低朋友的标准，连梅花和仙鹤也可以是我们的朋友。

这其实是人类的自我定位问题，或者说是对大自然的态度问题。我们究竟把自己放在什么位置上？我们是做大自然的朋友，还是与大自然为敌？

故事 3

“四不吃”的典故

中国的道教，始于东汉，但从金大定年间（1161—1189）起，就分为“全真”和“正一”两大教派。

全真派的道士，终生出家，不蓄家室，从不饮酒茹荤；而正一派的道士，如张天师世家，也讲究居住庙观，但可娶妻置室，传宗接代，虽有斋戒，但在非斋之日，可以喝酒吃荤。但传说天师世家历来有四不吃的规矩，历任张天师在办酒席之前，都会叫总管家再三嘱咐厨房，千万不能犯“四大荤”。

所谓“四大荤”指的就是牛肉、乌鱼、鸿雁、狗肉，这就是张天师的“四不吃”。

不吃牛据说因为它一辈子吃的是草，挤出的是奶，终身劳作，普济众生。它太辛劳了，所以不能吃。

人们通常认为乌鱼最可恶，连自己的亲生子都吃。但天师道友的说法却与此恰恰相反，他们认为成年乌鱼一到产卵期，就两眼昏花，什么也看不见，只待饿死升天。而幼乌鱼最有孝心，宁可自己游入母嘴，给娘充饥，也不能让娘饿死。这种精神可贵可嘉，因此乌鱼吃不得。

鸿雁在古人的诗词中常以坚贞的形象出现。失偶孤雁终生独居，处境凄凉却矢志不渝，再不婚配。这样的从一而终世间少有，因此不该吃。

古往今来，狗一直被认为是人类最可靠的朋友，人们常说：“子不嫌母丑，狗不嫌家贫。”只有狗会终身随主，为主效劳，无论主人境遇如何都不离不弃。这样忠诚的朋友谁又能忍心去吃它呢？

酷评

站在食物链的顶端向下望

正一道可以喝酒吃荤，但张天师世家却有“四大荤”的禁忌，坚决谨守“四不吃”的规矩。历任的天师不吃牛肉、乌鱼、鸿雁、狗肉，是因为这四者分别代表着“仁”“孝”“贞”“忠”的精神。其实吃与不吃只是一种表面的形式，其实质的内核在于对传统人伦精神美德的一种崇敬和维护。

自然界在食物链的串联下才展现出生生不息的神奇壮美，食物链虽然残酷但不失其存在的意义。有了阳光就有了小草存在的基础，有了小草就有了食草动物存在的基础，有了食草动物就有了小型食肉动物存在的基础，有了小型食肉动物就有了大型食肉动物存在的基础。这是自然界的公理，这一公理早在地球生命形成之初，早在人类出现前就已经开始运作。难道我们不应该尊重这一规律吗？

天师府的这一规矩在今天我们普通人看来，恐怕略显迂腐，人作为大自然的一分子，难以超脱食物链而存在。站在食物链的顶端向下望，我们应该明白，我们要保护食物链，不要让它因为人为因素而断裂。

故事 4

张三丰与酒泉

有一天，邋遢道人张三丰来到了贵阳的永乐堡。正在顺着山路朝前走时，忽然看见前方有老两口，正费力地拿着两个水桶，拄着拐棍，往山那头去抬水。张三丰看那老两口七老八十的还如此操劳，心中顿起恻隐之心，就上前关心地询问："您二老都这把岁数了，怎么还亲自打水啊？"

老两口一看是个邋遢道人，便回道："道长有所不知啊，山那头有一口圣泉，我们老两口就靠这圣泉的水来酿酒过活。路再远，山再陡，我们也要去啊，要不拿什么来换钱买粮食糊口啊？”

张三丰一听，点了点头：“原来是这么一回事。看你们二老，年纪已经一大把了，腿脚也不利落，还要干这重活，不如让我来帮帮你们吧。我告诉你们一个省力的好法子，你们家屋前不是有块堆石磨的空地吗？你们朝那石磨下面深挖下去，就会有圣泉之水流过来了。这样你们二老也就用不着翻山越岭地去担水了。”

两位老人听了，半信半疑地回到家里，照张道人指示的地方挖下去，果然一股清泉从地下冒了出来。老汉颤颤巍巍地拿瓢舀了一瓢，引颈一饮，顿时哈哈大笑起来，原来这冒上来的清泉居然不是水，而是香甜可口的米酒。

自从有了这口酒泉，老两口的日子过得富裕起来，不仅丰衣足食，而且还把一间烂草房翻新成了几间泥水房，喂起了猪，养起了鸡，日子过得其乐融融。

一日，老两口正喝着米酒，望着圈里的猪，眯着眼睛数着鸡下的蛋时，突发奇想：我们的生活应该还可以过得更好一点啊，那老道说我们这空地下面有圣泉之水，结果挖出来的是香醇可口的甜酒，说不定这地下还埋有更好的宝贝。

事不宜迟，老两口马上就操起家伙开挖了。一路挖将下来，搞得鸡飞猪叫，却半点宝贝的迹象都没有。老两口累得瘫坐在地上直擦汗，突然眼前一惊，只见那酒泉之水正慢慢往下跌落而去，最后渐渐干枯了。老两口见此情状号啕大哭起来，后悔莫及。最后，他们又只得重新拿着扁担到对面山上去挑泉水了。

酷评

资源开发，适可而止

天高不算高，人心比天高；人心贪不足，圣泉水倒流。

应该说这对老夫妻还是相当幸运的，当他们陷入困境之时，能遇到一个好心人，受到点拨。或许因为他们的善良，或许因为他们的可怜，总之，他们得到了一口酒泉，这是多么宝贵的一笔财富。

原本，老夫妻可以借此过上安逸的日子，甚至由此直奔小康。比如，他们可以把酒泉与同村村民共同分享，带动乡亲共同致富，说不定还能受人敬仰，被推举为新一任的村长；又或者，他们可以雇用几个工人，将酒泉中的米酒逐渐做成产、供、销一体化的产业，把“圣泉酒”的牌子做大、做强，让天下世人都能体会到神仙的恩典……

可惜，老夫妻毕竟是凡人，也逃不脱凡人的种种缺陷，“短视”就是他们的致命伤。空地下能挖出宝泉，那么是不是挖出聚宝盆的概率也不小？可惜神仙只说有泉眼，可没暗示过有“钱眼”啊。就是在无知和贪念的驱动下，老夫妻两人对宝贵的资源进行了过度的开发。

我们都知道竭泽而渔、杀鸡取卵的最后结局，就是资源的彻底枯竭。

故事 5

各有各的职责

从前有户人家，丈夫和妻子总是因为一些烦琐的家务争吵不停。

妻子总是说：“我每天都有那么多家务要做。刚起床就要整理房间，打扫院子，跟着还要准备一家人的早饭，然后照料孩子。在你回家之前我还得买菜，准备晚饭。总是这么没完没了地干活，真让人受不了。”

丈夫也有他的理由：“你们女人就会抱怨。你能在家操持家务已经算是不错的啦。你瞧瞧我，我不得不在外劳作，还要承担各种各样的责任，而你不过是在家享福。”

两人争执不下，最后，他们达成了一个协议：房子外的事情由丈夫负责；房子内的事务由妻子管理。夫妻俩对这样的分工都很满意。

一天，丈夫去朋友家串门。正坐着，一个邻居慌忙地冲了进来，大喊道：“快回家看看吧，你家着火了。”

做丈夫的一点也不着急，漫不经心地答道：“噢，我和我老婆有协定，凡是房子里发生的事都由她管。”

酷评

保护我们共同的家园

牙齿和舌头打架，吃亏的终究还是嘴。无论如何，嘴是承担痛苦的直接受害者。

就像这对愚蠢的夫妻，他们怎么就没想到，不管他们怎么怄气，吃亏的还是自己。他们似乎还没有意识到，组建家庭后，两人就是坐在同一条船上共赴狂风巨浪的绝对

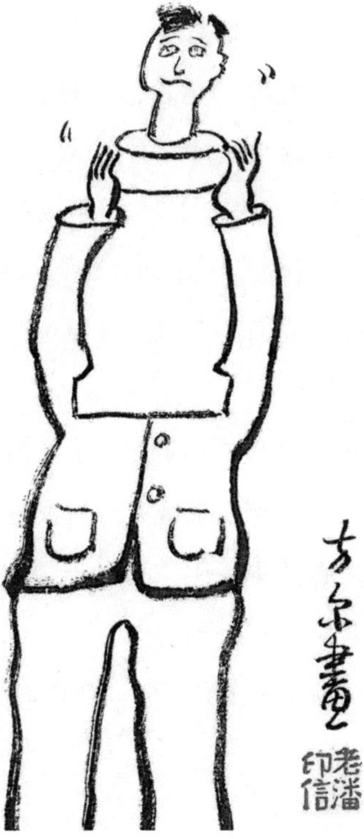
老潘印信

联盟。

显然，房子着火对大家都没好处。夫妻俩没有集体意识，为了推卸责任而想出各自包办的方法，最后的结果可想而知。

故事中的那对夫妻，是社会中一部分人的缩影。没有家园意识，不把自己当主人，是不少人的症结所在。

“覆巢之下安有完卵。”最大的巢，是地球。想一想我们生活的星球吧，又有多少人认识到养育我们的地球，现在正过着痛苦不堪的日子呢？

臭氧层被破坏，南极冰山的融化，都是由人类的索取无度造成的。如果谁都没有保护家园的强烈责任感，那么不久的将来，人类必将遭遇灭顶之灾。

我们有不同的世界，但我们只有一个地球。

名人名言

人法地，地法天，天法道，道法自然。

——老子

天有其时，地有其财，人有其治，夫是之谓能参。

——荀子

数罟不入洿池，鱼鳖不可胜食也；斧斤以时入山林，材木不可胜用也。

——孟子

竭泽而渔，岂不获得？而明年无鱼；焚薮而田，岂不获得？而明年无兽。

——《吕氏春秋》

天不言而四时行，地不语而百物生。

——李白

大自然是善良的慈母，同时也是冷酷的屠夫。

——雨果

地球能满足人类的需要，但满足不了人类的贪婪。

——甘地

树木是大地写在天空的诗，我们将其砍伐造纸，在上面写下自己的无知和弱智。

——纪伯伦

当人类欢呼对自然的胜利之时，也就是

自然对人类惩罚的开始。

——黑格尔

大地给予所有人的是物质的精华，而最后，它从人们那里得到的回赠却是这些物质的垃圾。

——惠特曼

我们不是继承了父辈的地球，而是借用了儿孙的地球。

——《联合国环境方案》

我的人生哲学是工作，我要揭示大自然的奥妙，为人类造福。

——爱迪生

只有顺从自然，才能驾驭自然。

——培根

我不是不爱人类，而是更爱大自然。

——拜伦

大自然从来不欺骗我们，欺骗我们的永远是我们自己。

——卢梭

只有服从大自然，才能战胜大自然。

——达尔文

大自然的每一个领域都是美妙绝伦的。

——亚里士多德

天行有常，不为尧存，不为桀亡。

——荀子

非但不能强制自然，还要顺从自然。

——埃斯库罗斯

只有按照自然所启示的经验来生活。

——叔本华

这自然法规我认为是最高的法规，一切

法规中最具有强制性的法规。

——马克·吐温

俭，德之共也；侈，恶之大也。

——左丘明

一粥一饭当思来处不易，半丝半缕恒念物力维艰。

——朱柏庐

谁在平日节衣缩食，在穷困时就容易过关；谁在富足时豪华奢侈，在穷困时就会死于饥寒。

——萨迪

爱简朴限制了占有欲。

——孟德斯鸠

大自然治病，医生只是助手。

——希波克拉底

心灵与自然相结合才能产生智慧，才能产生想象力。

——梭洛

自然常会孕育美好的心灵。

——罗曼·罗兰

世界上没有比大自然更崇高的东西了。

——果戈理

自然的巨大力量不是以丑恶而是以美来显现它的真相的。

——泰戈尔

天地与我并生，而万物与我为一，天人合一。

——庄子

造物无言却有情，每于寒尽觉春生。千红万紫安排著，只待新雷第一声。

——张维屏

自然这个卷轴，简直是一本知识之书。

——哥尔斯密

自然界是一切感性的力量、事物和存在物的总和。

——费尔巴哈

我们往往只欣赏自然，很少考虑与自然共生存。

——王尔德

世界是一本书，从不旅行的人等于只看了这本书的一页而已。

——奥古斯丁

自然从不背离它热爱的人。

——华兹华斯

旅行是真正的知识最伟大的发源地。

——亨利·杜南

2.

大爱创造奇迹

☞ “人”字的结构就是相互支撑，人与人之间最怕的就是冷漠。

☞ 爱，可以战胜一切，征服一切。爱，可以创造奇迹，创造金钱无法创造的奇迹。

☞ 世界上的文化有爱文化，也有恨文化。发挥到极致，前者带来和平，后者导致战争。

☞ 照亮别人等于照亮自己，为他人着想实际上亦能惠及自身。

☞ 爱己与爱人是相互的，不要吝啬你的爱，用爱心拥抱这个世界吧！

故事 6

爱人之心

这是发生在英国的一个真实故事。

有位孤独的老人，无儿无女，又体弱多病，决定搬到养老院去。

老人宣布出售他漂亮的住宅。购买者闻讯蜂拥而至。住宅底价 8 万英镑，但人们很快就将它炒到了 10 万英镑。价钱，还在不断攀升。

老人深陷在沙发里，神情忧郁。是的，要不是健康情形不行，他是不会卖掉这栋陪他度过大半生的住宅的。

一个衣着朴素的青年来到老人眼前，弯下腰，低声说：“先生，我也好想买这栋住宅，但我只有1万英镑。可是，如果您把住宅卖给我，我保证会让您依旧生活在这里，和我一起喝茶，读报，散步，天天都快快乐乐的——相信我，我会用整颗心来照顾您！”

老人颔首微笑，把住宅以1万英镑的价钱卖给了他。

酷评

千金难买一份爱

这则故事里的青年，并没有太多的金钱，却有着一颗爱心。正是这爱的力量，让他实现了自己的梦想。

实现梦想，不一定非得要冷酷的厮杀和欺诈，有时，只要你拥有一颗爱人之心就可以了。

金钱的确可以创造令人瞠目结舌的奇迹，这样的例子举不胜举。然而，金钱的力量终究是可以衡量的，因而也是有限的，可比的。

好比这则故事里的竞价，只会使人摇头。与之相比，爱的力量更为强大。爱，可以战胜一切，征服一切。爱，可以创造奇迹，创造金钱无法创造的奇迹。

关于金钱，最有名的一句格言是："钱不是万能的，但没有钱是万万不能的。"有一位朴实的中国农民，也曾经这样谈他的金钱观："钱这东西，没有还不行，多了还没用。"

千金难买一份爱。

故事 7

盲眼阿婆装路灯

盲眼阿婆查理太太以帮人按摩为生，她一直住在小镇的郊外。

一天，查理太太带着自己的积蓄到镇上去找水电行老板，要求在自家屋边的路上装几盏灯。

水电行老板吃惊地说："你的眼睛看不见，有什么用？"

"我虽然看不见，可是，每天从我那里路过的人越来越多，"查理太太说道，"为了让别人走路方便，你来帮忙装几盏路灯吧，我这些年也存了些钱，都给你吧。”

水电行老板很感动，为阿婆装路灯只收了工本费。查理太太装路灯的消息，很快传遍了全镇。所有的人都知道自从查理先生死后，阿婆的积蓄本来就不多。因此，人们都为阿婆的善心感动，主动加入到装灯的行列中。

大家纷纷捐钱，热闹程度超过想象，每个人都在想：“盲眼阿婆都要照亮别人，何况我们这些好眼睛的人呢！”

结果，查理太太家屋外的路灯全装起来了，而且马路也拓宽了，通往郊外的木板桥也改成了水泥桥。连查理太太的木屋，也被热心的居民用砖头水泥重砌了，成为一座又美丽又坚固的房子。

酷评

释放爱的光芒

故事中的盲眼阿婆是一个积善成德的典型，想必在现实生活中也能找到类似的原型。大多时候，我们习惯于被这样的善举打动。如果再

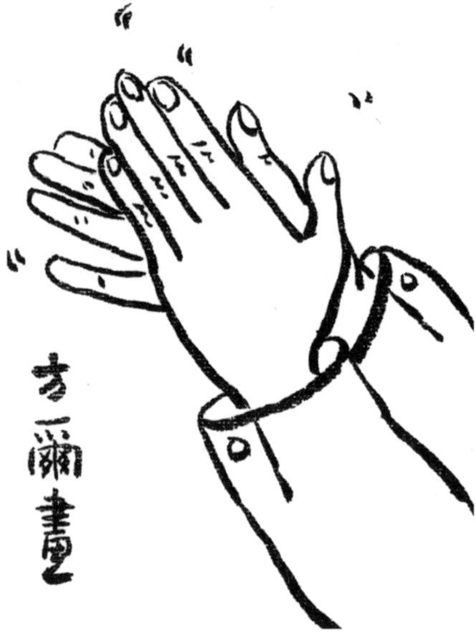

仔细思量一番，至少可以得到以下这些启示：

第一，亲善产生幸福。盲眼阿婆一点小小的善心，竟使得整个小镇都变得光明而美丽。一个人生命中最幸福的部分，就是他微小的、默默无闻的、不为人知的、发自仁慈与爱的善行。

第二，文明带来和谐。这些微小的爱的举动犹如星星之火可以被点燃，可以产生共鸣，也可以相互感染。只要愿意付出关爱，你身边的世界便会明亮起来。盲眼阿婆的爱，燃起了镇上人们内心爱的火焰，他们听到了爱的感召，所以小镇的面貌得到了改善，生活也变得和谐起来。

第三，善恶都是会被激发的，都是情感的一部分。情感是一种感性的东西。它可以是潺潺的小溪，细水长流；它可以是久旱以后的甘露，滋养大地；也可以是决堤的河流，破坏一切，势不可挡。所以，我们需要向善，遏制恶的因素滋长。

生活中，往往需要真情的互动。

故事 8

意外的表扬

布兰登是个送货的小伙子。

一个炎热的夏天，当他驾车返回工作的雪糕库房时，他发现自己陷入了交通堵塞。

布兰登从卡车后面拿了一块雪糕。在他后面的车上，四个酷热难熬的孩子看着他吃，馋涎欲滴。布兰登很同情这些孩子，也给了他们一些雪糕。

几分钟后，布兰登身边围满了孩子。当车辆开始移动时，布兰登四箱雪糕都发完了。布兰登不想向老板解释这种情况，决定自己支付雪糕的费用。

果然，当布兰登到达库房时，被叫到了经理办公室。老板问他，为什么把公司的货物送掉？

布兰登心想：这下可能要被解雇了。

相反，布兰登的老板却开怀大笑，并说这是公司数年来最好的公关——孩子的父母一直在打电话向公司表示感谢。

酷评

不要吝啬自己的爱心

每个人都应该带着一颗爱心活着，不仅为了帮助别人，而且是为了让自己活得更开心、更有意义。在生活中，我们应当不要吝啬自己的爱心，给予你身边的人帮助，也等于在帮助自己。

热心帮助别人，结果常常是双方受益。不愿给别人提供服务的人，别人也不愿给你提供方便。面对心怀敌意的人不一定要针锋相对。人们在碰到不尽如人意的人和事以后，

我们取得那么大的胜利！
人家服服贴贴，敲锣打鼓。
语见《做革命的促进派》
方成画
老潘印信

常常会感叹世情淡薄，人情险恶。

许多时候，绝大多数的人还是好的，至少是正常的。多数情况下，绝大多数人，他们对待你的态度取决于你对他们的态度。至于说到他们的毛病，不见得一定比你多，即使是常常不比你少。

无论如何，我们可以努力做到心平气和、冷静理智、谦恭有礼、助人为乐，而不是相反，急火攻心、暴躁偏执、盛气凌人、四面树敌。

感恩，其实就是回报的爱。有内心的、有行动的、有语言的，用种种形式共同表达了人的真情。儒家讲“仁爱”，基督讲“博爱”，佛教讲“诚爱”等，无不将爱作为教义加以弘扬。

做人就不要吝啬自己的爱心，起码要懂得感谢施爱的人或社会，用恩情传播爱意，又用爱连接心灵。

关爱别人，付出爱心，其实就是人性的纯真。

故事 9

电梯里的镜子

在一次电视台的综艺节目中，主持人向大家提出这样一个问题：

“宾馆、酒店的电梯里常会有一面大镜子，这镜子到底是干什么用的？”

大家纷纷抢答：

“用来方便大家整理自己的仪容。”

“用来看看后面有没有跟进了不怀好意的人。”

“用来扩大视觉空间，增加空间度。”

…………

在一再启发而仍没有人能说出正确答案时，主持人终于无奈地说出了非常简单的道理：

“如果肢残人士摇着轮椅进电梯的话，他不必费神转身，就可以从镜子里看见楼层的显示灯了。”

观众们恍然大悟：“我们怎么没想到这一点？”

酷评

爱人者，人恒爱之

我们考虑问题时，常常会天马行空。不幸的是，无论思路如何开阔，我们往往还是从自己的角度出发。

一次，白求恩与同事出去散步，走着走着，一条小沟出现在面前，他的同事轻松地跳了过去。白求恩问道：“病人能跳得过去吗？”说着搬起一旁的石头开始填沟。

一位双目失明的老人每日夜间走路时，总是提着灯笼。路人不解，就问他：“你眼睛看不见，这么做不是多余吗？”这位老人正色

潘童
叟印

道："我打灯笼是为了给别人照路，这样别人也就不会撞到我了。"

是的，照亮别人等于照亮自己，为他人着想实际上亦能惠及自身，生活中的许多事情就是这个道理。社会是一个有机整体，人与人之间相互依存、利益相关，损害了别人的利益，自身的利益也难保不受损失。人心是一面镜子，可以照别人，也可以看自己。只有学会为他人着想，自己有困难时才能得到别人的帮助。

当我们生活无忧时，是否想到要为那些贫困的人们做点什么？当我们看到别人进步时，是否可以豁达地道一声祝福？生活中的细节无不体现着我们的素质，如：在公共汽车上是否主动让座给老弱病残孕；在商场推开弹簧门时是否注意身后有没有人；乘自动扶梯时是不是站在右边而不妨碍有急事的人从左边快速通过；进影剧院时是否迟到，观看时有没有交谈而影响他人观看……

让我们都来为别人点一盏灯吧！

故事 10

布施福德如虚空

诚拙禅师在圆觉寺弘法时，法缘非常兴盛，每次讲经时，信徒都挤得水泄不通。因此就有人建议，再扩建更宽敞的讲堂。

有一位信徒为了捐助建造讲堂，就用袋子装了一百两黄金，送到寺院给诚拙禅师。禅师收下黄金后，就去忙其他事情了。信徒对此十分不满意，心想：一百两黄金可不是一笔小数目，怎么连个谢字也没有？于是就跟在禅师的后面提醒道："师父！我那口袋里装的是一百两黄金呀！"

禅师淡淡回应道："你已经说过了，我也知道了。"

信徒更是生气，提高嗓门道："喂！师父，我捐了那么多钱，难道你连一句谢谢也没有吗？"

禅师刚好走到大雄宝殿就停住，回头说："钱，是你捐给佛祖的，功德也是你自己的。如果你把布施当成一种买卖，我就代替佛祖向你说声：谢谢！从此你和佛祖的关系是银货两讫！"

信徒羞愧地走了。

酷评

爱是不求回报的

我们不能把所有的事情都当作生意。退一步说，即使真的把从善当作生意，无形之中，佛变成了保险公司，而你也从他那里买到了安心。

孩子经常会说："老师，我今天上课很认真，你应该表扬我！""妈妈，我今天没有做坏事，你应该给我买玩具。”“阿姨，我没有砸坏你家玻璃，你应该奖励我一块糖。”要知道，工作、爱情、家庭、学习都不是生意，我们热爱工作、热爱家庭、热爱学习都是我们所应该做的，不是为了额外的奖赏。

父母的爱是世界上最无私的。最新的调查显示，如今父母养大一个身体健康的孩子平均要花费几十万元。可是，父母从来不曾将对孩子的爱看作是一种投资，他们从来都不奢望子女会回报他们几十万元。

我们会看到生活中总有那么一群人，生活得如此恬静与安然，把自己的善行看得如每日的穿衣吃饭一样稀松平常，只是一种自然性情的流露。

西塞罗说过：“受惠的人，必须把那恩惠常藏心底，但是施恩的人则不可记住它。”不要问“你能为我做什么”，而要问“我能为你做什么”。

故事 11

最大的诫命

耶稣到了耶路撒冷，同那里把持犹太会堂的法利赛人发生了冲突。耶稣传播的福音引起了他们的恐惧，激发了他们的仇恨。

法利赛人中的一位律法师，他要试探耶稣，便问道："夫子，律法上的诫命，哪一条是最大的呢？"

耶稣毫不犹豫地答道："你要尽心、尽性、尽意，爱你的神。这是诫命中的第一，也是最大的。第二也相仿，就是要爱人如己。这两条诫命，是律法和先知一切道理的总纲。"

用爱心拥抱世界

爱，是基督教中最大的诫命，也是支撑世界的基础。

世界上的文化有爱文化，也有恨文化。发挥到极致，前者带来和平，后者导致战争。在战争的年代，炮火纷飞，谈不上发展，谈不上享受，人们在为保全性命而焦虑。人都想过安定的日子，和平是全人类共同的期盼。第二次世界大战后成立的联合国就是最典型

的和平组织机构，它的宗旨在于引导全世界的人民和平发展。

爱，可以分为爱己和爱人。

爱己，就是要自尊、自重。爱自己，其实并不是自私的表现，如果一个人连自己都不爱惜自己，还会得到别人的尊重吗？最大的敌人是自己，最大的爱人同样也是自己。假如这个世界上你没有任何亲朋好友，那么，你还可以好好地爱你自己。从某种程度上说，爱护好自己，同时也就爱护了你周围的人。

爱人，就是要爱你身边所有的人，包括你的亲人、朋友，以及那些素昧平生的人。在别人遇到困难的时候，及时伸出你的手，手拉手，才能形成一股不可抵挡的力量。

“赠人玫瑰，手留余香。”爱己与爱人是相互的，不要吝啬你的爱，用爱心拥抱这个世界吧！

故事 12

好撒玛利亚人

一个律法师试探耶稣：“我该做什么才能获得永生呢?”

耶稣问他：“律法上是怎么写的？你是怎么念的?”

律法师答道：“要尽心、尽性、尽力、尽意地爱主，还要像爱你自己那样爱你的邻舍。”

耶稣说：“说得对，这样做你就会获得永生。”

律法师为了表现自己有理，又接着问：“那谁是我的邻舍呢?”

耶稣答道："一个人从耶路撒冷去耶利哥，途中遇上强盗。强盗剥去了他的衣服，把他打了半死，然后丢下他走了。这时，正好有个祭师路过，看到这个受害人，便绕开走过去了。又走来一个利未人，看到受害人，也同样绕路走过去了。但一个路过的撒玛利亚人看到伤者，就动了恻隐之心。他上前用油和酒洗净那人的伤口，给他包扎好，又扶他坐上了自己的牲口，把他带到客店里照料他。第二天，他拿出二钱银子交给店主，说：'好好照料他，若这些钱不够，我回来时一定付还给你。'这三人中，你看哪个是途中遇盗那人的邻舍呢？"

那个律法师答道："当然是好心帮他的那个人。"

耶稣说："那你就像他那样去做吧。"

酷评

有了爱，才有爱的世界

遇见生活中的弱者，我们不能视而不见。

故事中的祭师、利未人和撒玛利亚人恰好代表了两种截然不同的态度。

很显然，撒玛利亚人做到的事，祭师与利未人同样也能做到，只是他们“非不能也，是不为也”。很多时候，对我们来说，可能只是举手之劳，却能带给他人生的希望。

“事不关己，高高挂起”，这是一部分人明哲保身的处世态度。我们的祖先就曾教导我们：“莫以善小而不为。”“人”字的结构就是相互支撑，人与人之间最怕的就是冷漠。有一句话说：“如果人与人相互关心爱护，天涯可化作咫尺；若是人与人之间只剩下冷漠，咫尺也可变为天涯。”

贫富差距是一种社会现象。个人的力量是有限的，不可能去同情每一个需要帮助的人，也不可能无限量地提供帮助。所以，扶贫是社会工程。

现在的扶贫已经不是单纯物质上的扶贫了，物质上的帮助顶多只能渡过一时的难关，要真正脱贫，只能依靠自己的劳动。所以，现在的扶贫已不仅仅是输血型的，而是更强调造血型的扶贫。比如为失业者提供由政府出资的职业培训，让他们能尽早重新上岗工作。

故事 13

财富、成功，还有爱

一个妇女看见有三位老人坐在她家的前院里，便邀请他们进屋吃点东西。

“我们不会一起进屋的。”三个人异口同声地答道。

“为什么？”妇女感到奇怪。

其中一位老人解释道：“他叫‘财富’，这是‘成功’，而我则是‘爱’，”他补充道，“现在你回屋去，和你丈夫商量一下，愿意让我们中的哪一位进去。”

妇女与丈夫和女儿商量后，决定邀请

“爱”进屋。

于是，妇女便出来邀请“爱”。“爱”站了起来，向屋子走去。

出乎意料的是，另外两个人也站了起来，跟在“爱”的身后。

妇女很惊讶，便问“财富”和“成功”：“我只邀请了‘爱’，怎么你们也来了呢?”

三位老人再次异口同声地答道：“因为哪里有‘爱’，哪里就会有‘财富’和‘成功’！”

酷评

幸福人生藏在爱里面

多年以前，有一句歌词，许多人感到不解：幸福人生藏在爱情里。

他们以为，爱情是人生的一部分，应该是爱情藏在幸福人生里。

事实上，他们没有理解这句话。固然，构成幸福人生的要素有很多，除了爱（不限于爱情）之外，还包括故事里的财富和成功，此外还有平安、健康、友谊、智慧等。这些要素都是不可或缺的。少了哪样，人生都是残缺的。然而，在所有这些要素里面，有一个要素显得特别重要，少了它，人生不仅残缺，简直就是毫无意义！这个要素，就是爱。

人是有感情并且需要感情的，爱是天地间最强大的力量。所以，幸福人生藏在爱里面。

名人名言

爱是生命的火焰，没有它，一切变成黑夜。

——罗曼·罗兰

爱，可以创造奇迹。被摧毁的爱，一旦重新修建好，就比原来更宏伟，更美，更顽强。

——莎士比亚

爱，是能够把不同信仰的人团结在一起的统一的力量。

——泰戈尔

爱就是充实了的生命，正如盛满了酒的酒杯。

——泰戈尔

正是由于爱，人生才有意义，才能不断进取。

——屠格涅夫

父子兄弟间相爱，本出于天性，而要讲究利害，就失去了家庭的温暖。夫妇结合，本出于情爱，而要以经济为条件，就失去了相爱的本意。

——苏格拉底

爱是理解的别名。

——泰戈尔

你可曾想到，失去了爱，你的生活就离开了轨道。

——拿破仑

地球无爱，则犹如坟墓。

——勃朗宁

人生是花，而爱便是花的蜜。

——雨果

当爱神拍你的肩膀时，就连平日不知诗歌为何物的人，也会在突然之间变成一位诗人。幻想的爱情比老实的爱情来得更活跃，但热烈的时光是短促的。

——司汤达

爱是自然而来的，不是买得到的。

——朗费罗

爱是一种令人颤栗的幸福。

——纪伯伦

希望被人爱的人，首先要爱别人，同时

要使自己可爱。

——富兰克林

纵使世界给我珍宝和荣誉，我也不愿离开我的祖国，因为纵使我的祖国在耻辱之中，我还是喜欢、热爱、祝福我的祖国！

——裴多菲

人生自古谁无死，留取丹心照汗青。

——文天祥

为祖国而死，那是最美的命运啊！

——大仲马

我们为祖国服务，也不能都采用同一种方式，每个人应该按照资质，各尽所能。

——歌德

我无论做什么，始终在想着，只要我的

精力允许我的话，我就要首先为我的祖国服务。

——巴甫洛夫

我以我血荐轩辕。

——鲁迅

我唯一的遗憾，是我只有一次生命献给我的祖国。

——内森·黑尔

真正的爱国主义不应该表现在漂亮的话上，而应该表现在为祖国和人民谋福利的行为上。

——杜勃罗留波夫

我重视祖国的利益，甚于自己的生命和我所珍爱的儿女。

——莎士比亚

祖国和人民是在地上的永远的支持者。

——费希特

科学虽没有国界，但是科学家却有自己的祖国。

——巴斯德

祖国和信仰是一座大祭坛，人只是一段香，命中注定为祭坛增光而点燃。

——显克微支

一个反叛祖国的人从来不能成为英雄。

——雨果

各出科学，各尽所知，使国家富强不受外侮，足以立足于地球之上。

——詹天佑

热爱祖国，这是一种最纯洁、最敏锐、最高尚、最强烈、最温柔、最有情、最温存、最严酷的感情。一个真正热爱祖国的人，在各个方面都是一个真正的人。

——苏霍姆林斯基

我是你的，我的祖国！都是你的，我的这心、这灵魂；假如我不爱你，我的祖国，我能爱哪一个人？

——裴多菲

我赞美目前的祖国，更要三倍地赞美它的将来。

——马雅可夫斯基

祖国更重于生命，是我们的母亲，我们的土地。

——聂鲁达

一般就在部分之中；谁不属于自己的祖国那么他也就不属于人类。

——别林斯基

我有我的人格、良心，不是钱能买的。我的音乐，要献给祖国，献给劳动人民大众，为挽救民族危机服务。

——歌德

祖国，我永远忠于你，为你献身，用我的琴声永远为你歌唱和战斗。

——肖邦

为了国家的利益，使自己的一生变为有用的一生，纵然只能效绵薄之力，我也会热血沸腾。

——果戈理

3.

爱情点亮人生

☞ 知识老人笑道："因为只有时间才能理解爱有多么伟大。"

☞ 智者说了四句话，要她们用一生来认识和解析：精神是肉体，肉体是精神，肉体是肉体，精神是精神。

☞ 回顾 20 世纪著名的爱情，最动人的是爱德华八世和辛普森夫人，最令人心碎的是查尔斯与戴安娜，最广为传播的是克林顿与莱温斯基，最矛盾的是萨特和西蒙·波伏娃……

☞ 王子和公主从此快乐地生活在一起，童话书一般都写到这里为止。

☞ 生活只有平常事，你我要有平常心。

故事 14

时间与爱

很久很久以前，在寂静的海底躺着两粒沙，他们相距两尺远。一粒沙爱上了另外一粒沙。他凝视着两尺之外的另一粒沙，平安幸福地过了很多年。水下风平浪静，沙粒觉得很幸福，因为他知道有自己所爱的沙可以让自己凝视，不用管水面上的海枯石烂或沧海桑田。

沙滩上出现了恐龙的脚印，潮水涌来，脚印消失了，没留下什么痕迹，这与海底的沙没有关系。但是，在这一刻他忽然有了一个念头：到自己所爱的沙面前说“我爱你”。于是，这粒沙开始了他的漫长的路途。他一点一点地滚动，不放开任何一点动力，不管是细如发丝的暗流还是鱼儿激起的微波，每当有这种力量，他总是感谢上苍。

沙滩上的脚印换成了剑齿龙的，潮水仍然无声地抹去了这个生物的标记。沙粒距离他所爱的另一粒沙只有三寸了……

再往后，沙滩上出现了人的脚印，当潮水再次将这些脚印抹掉的时候，沙粒终于来到了自己所爱的另一粒沙面前，想想自己在两亿年间所走的漫长的两尺，瞬间感到天上地下所有的幸福全部都堆砌到了自己身上！

两粒沙互相看着，不说什么，很久，沙粒终于决定开口了。

正在这时，一股水流涌来，巨大的吸力使沙粒漂起来，被吸进了一个洞里。他最后一眼看了看漫长的旅程，看了看自己爱着的沙粒，不知道该说什么。这时，洞口合上了，顿时一片黑暗。他知道自己被一个蚌捕获了。

在以后的岁月里，蚌偶尔也会张开壳，沙粒还能看看外面的世界。这时，他就看到那另一粒沙也在不远的地方凝视着自己。沙粒知道，世界是美好的，因为在光阴无法侵袭的海底，有另一粒沙在等待着自己。

不知道过了多长时间，沙粒忽然觉得蚌动了一下，不久蚌被打开了，映入眼帘的是海面、阳光、船和人。人类欣喜若狂地看着这粒沙。沙粒环视了一下自己，发现自己已经变成了珍珠。这粒珍珠在人们眼里真的太大了，真是无价之宝，可这对珍珠的制造者——死去的蚌无疑是个痛苦的意外。很快，珍珠被镶在王冠上。已经变成了珍珠的沙粒觉得悲哀，但是并不绝望，因为他知道，另一粒沙正在海底痴痴地等待。

沙粒看着百官朝拜，看着国王老去，看着帝国衰落。终于有一天，国王死去了，王冠成了陪葬品，被放到棺材里。当他听到墓穴被关上，心里想着的是在海底等待自己的另一粒沙。他并不惊慌，因为他有的是时间，他曾经为了两尺距离整整旅行了两亿年。

黑暗的墓穴并不寂寞，时常有老鼠在他身旁经过。他独自待着，不知道时光的流逝。

有一天，墓穴被打开，两个盗墓者把王冠偷走了，当然包括这粒珍珠。很不幸，他们因为这粒珍珠打了起来，最终双双死亡，这粒珍珠掉到河里。这粒沙感到一辈子也没有过的希望，他知道世界所有的河流最后都要流到海里。这样，他就可以再去海底找他的那粒沙，也许要经历无穷的岁月才能到达最初的地方，可是有什么关系呢？他知道另一粒沙一定会在海底永远等待，望穿秋水。

很快，雨季来了，发生了泥石流，珍珠被埋到沙里，他开始绝望；但是他想到地也是在动的，而且比自己还要快，他又有了希望。

又是一个漫长等待。珍珠开始慢慢地脱落，沙粒又露出了本身。他觉得自己很干净，他可以一尘不染地去见另一粒沙了。

上面传来了机器的声音，这是一个金矿。沙粒和其他的石头泥土在一起，被扔到一个罐子里加热。

直到这时，他才发现他是一粒金沙。很快，他被熔成了金砖，放到一个不知名的金库里了。沙粒在悲伤中度过了很多年，想到海底的另一粒沙就觉得心如刀绞，但是他还是安慰自己："还会有机会的，不可预知的未来也许再次把我恢复成一粒沙。"

后来，金砖被做成一张唱盘，记录着人类的语言，还有海的声音。直到唱片被装上发射架上的时候，这粒沙才有一丝惊慌，他问自己边上的黄金："我们这是要去哪里？"其他的黄金说："飞向宇宙，向其他可能存在生命的星球出发。"

正在这时，火箭发射了。

沙粒看着越来越远的地球。在整个宇宙中，地球显得美丽而脆弱，他忽然明白自己永远不可能再回到大海了，回到没有任何诺言就在海底无尽等待自己的那一粒沙面前了！

他有着骄傲的历史，他曾经是世界上最美丽的珍珠、最纯的黄金，而现在他是一粒飞上宇宙的沙。可是，他宁愿做海底的一粒沙，哪怕在自己所爱的沙粒面前待上一个小时就灰飞烟灭——仅仅是为了两粒沙之间可怜而简单的爱情。

宇宙之中传来了一粒沙的哭声，飘荡在无尽的黑暗中，良久不绝……

酷评

只有时间才能理解爱的价值

只有时间才能理解爱，只有时间才能认识爱的价值，只有时间才能见证爱的伟大。

这里还有一个非常经典的故事，说的也是时间与爱，值得我们思考：

传说，在遥远的海上有一个小岛，上面住着快乐、悲哀、知识和爱，还有其他各类情感。有一天，情感们得知小岛快要沉没了，于是，大家都准备船只离开小岛。只有爱留了下来，她想要坚持到最后一刻。

过了几天，小岛真的要下沉了，爱想请人帮忙。

这时，富裕乘着一艘大船经过。爱说：“富裕，你能带我走吗?”

富裕答道：“不，我的船上有许多金银财宝，没有你的位置。”

爱看见虚荣在一艘华丽的小船上，说：“虚荣，帮帮我吧!”

“我帮不了你，你全身都湿透了，会弄坏我这漂亮的小船的。”

悲哀过来了，爱向她求助：“悲哀，让我跟你走吧!”

“哦……爱，我实在太悲哀了，想自己一个人待一会儿!”悲哀答道。

快乐走过爱的身边，但是她太快乐了，竟然没有听到爱在叫她!

突然，一个声音传来：“过来！爱，我带你走。”

这是一位长者。爱大喜过望，竟忘了问

他的名字。登上陆地以后，长者独自走了。爱对长者感恩不尽，问另一位长者——知识老人：“帮我的那个人是谁？”

“他是时间。”知识老人答道。

“时间？”爱问道，“为什么他要帮我？”

知识老人笑道：“因为只有时间才能理解爱有多么伟大。”

故事 15

感动

小花和小黑是两只可爱的猪，是最好的朋友。夏天，他们为对方泼水降温；天凉了，他们互相依偎，让对方取暖。吃饭时，小黑总会把最好的食物留给小花，以致小黑很瘦，而小花越来越胖。

在一个月光朦胧的晚上，小黑依偎在小花的身边，看着小花熟睡的脸，眼里泛着幸福快乐的光。

这时，门外传来主人的声音：“过两个月，就把这只胖的送到屠宰场，给你买件新皮衣，宝贝。”

晴天霹雳！小黑一夜未眠。他明白，照此下去，小花肯定在劫难逃。此后，吃饭时，小黑再不等小花，而是独自狼吞虎咽。撑着了，他忍一忍，继续吃。

日子一天天过去了，小黑渐渐变得臃肿，可小花还是那么肥胖。

“看你多胖啊，也不减肥！”小黑对小花说。

原来就感觉不对的小花听了这话，气不打一处来：“我胖关你什么事啊，你以为你是谁啊！”

他们吵了一架，开始渐渐疏远，小花很伤心，饭也吃不下。

小花一天天变瘦了，小黑看在眼里，心疼的同时，更多的是欣慰。

两个月时间，转眼就过去了。

小黑想对小花说出真相，可是他不想让小花伤心，他把想对小花说的话写在了日记里。

一个月黑风高的夜晚，小黑被拖出去，随着几声惨叫，死神无情地把他带走了。

小花终于发现了小黑写的日记：小花，别怪我和你吵架，我不会用语言来表达什么，但我愿意用生命来证明我对你的关爱……

她终于明白了一切，不知道把日记反复读了多少遍，每次都泪流满面。

第二天开始，小花满含泪水拼命地吃饭，因为，她想去另一个世界陪伴孤独的小黑……

爱，就是奉献

这则小猪的故事，既不好玩，也不搞笑，许多人是流着泪读完的。

这则故事用平常的话语，讲述一个虚构的童话故事，但这故事却让人在遥远的记忆中找到一种感动，而这种感动来源于——爱。面对这样一种关爱之情，一切语言都显得那么苍白无力。

爱是一种奉献，是一种舍弃，是朝朝暮暮的期许，也是生生死死的诺言，更是人性中至尊至美的篇章。

爱最美，奉献最美，懂得爱的人必然懂得奉献。

猪且如此，何况人乎?

故事 16

精神与肉体

三个不同经历的漂亮女孩，都到了择偶的年龄。

第一个女孩，纯洁可爱，知书达理，对男人的认识和对爱情的理解，都来自书本、亲朋和熟人的介绍。

第二个女孩，经历复杂，她受过男人欺骗，对男人和爱情的了解，大多来自自己的经验。

第三个女孩，开放随便，把性与爱不分开，认为性的满足就是爱，爱就是性的满足。

第一个女孩，用自己的标准寻觅着，后来她被一位英俊潇洒、浪漫的男人所吸引，那位男人也被她的高贵文雅所倾倒。于是，他们很快结婚了。

第二个女孩，尝试着与成熟、坚强、富有等不同类型的男人接触。她都发现他们存在的问题：有的个性太强，有的过于轻浮，有的性格懦弱……所以，她不断地寻找着，比较着，权衡着。

第三个女孩，不断更换着男人。她与任何一个感兴趣的男人同居，但关系都不能长久。随着一次次的男友更换，她得到了一次次的满足，也得到了一次次的创伤和失望。

第一个女孩，进入婚姻后，不久就出现了厌倦。等那些激情褪去以后，他们发现了彼此的不足，她感到受了欺骗和愚弄。

第二个女孩，还在寻找着，比较着，权衡着。她没有激情，没有幻想，没有冲动。她自以为已经看透了男人，所以，她从来不被男人的追逐和承诺打动。她用自己的全部

〔回忆那年美好的青春〕
青春如梦空长 岁月匆匆逝水长
回忆那年花正好 留得佳话永流芳
校园晨钟心犹记 青春岁月不可忘
留得美好在心间 回忆永存不彷徨

理智区分男人的表现：是欲望还是真情，是长期还是短暂。她满心疑惑地在围城外面徘徊着……

第三个女孩，已经厌倦，已经疲倦，已经麻木。她觉得男人没一个好东西。没有人爱她，都想玩弄她……

后来，她们遇到了一位智者，智者说了四句话，要她们用一生来认识和解析。

这四句话就是：

精神是肉体，肉体是精神，肉体是肉体，精神是精神。

酷评

一半是天使，一半是魔鬼

我们试着来解读智者这四句话。

第一句：精神是肉体。

精神不是孤立的，所有的精神都要通过肉体表现出来，正如所有的心理疾病都有其生理基础一样。在这个意义上，精神就是肉体。

第二句：肉体是精神。

肉体离不开精神。肉体如果没有精神，那叫行尸走肉。肉体体现着精神，贯彻着精神。在这个意义上，肉体就是精神。

第三句：肉体是肉体。

虽然肉体是受精神支配的，但是肉体毕竟是肉体，有它自身的规律。在这个世界上，真正意志坚强的人还是少的。人，从亚当夏娃时代开始，就禁不起诱惑。一旦精神管不住肉体，那么，肉体就只是肉体。

第四句：精神是精神。

古人云，天地人，为宇宙三才。人，毕竟还是要有一点精神的。如果没有崇高的理想、远大的目标和坚定的信念，那么，人将如何屹立于天地之间？如何成为万物之灵？如何做一个堂堂正正的人？所以，精神就是精神。

有人说，人性中一半是天使，一半是魔鬼。人之所以为人，就在于能够和谐地统一肉体和精神，最终成为肉体和精神的统一体。

故事 17

苏格拉底与失恋者的对话

苏格拉底："孩子，为什么悲伤？"

失恋者："我失恋了。"

苏格拉底："哦，这很正常。如果失恋了没有悲伤，恋爱大概也就没有味道。可是，年轻人，我怎么发现你对失恋的投入甚至比恋爱还要倾心呢？"

失恋者："到手的葡萄给丢了，这份遗憾，这份失落，您非个中人，怎知其中的酸楚啊！"

苏格拉底："丢了就丢了，何不继续向前

走去，鲜美的葡萄还有很多。”

失恋者：“踩上她一脚如何？我得不到的别人也休想得到。”

苏格拉底：“可这只能使你离她更远，而你本来是想与她更接近的。”

失恋者：“您说我该怎么办？我是真的很爱她。”

苏格拉底：“真的很爱？那你当然希望你所爱的人幸福。”

失恋者：“那是自然。”

苏格拉底：“如果她认为离开你是一种幸福呢？”

失恋者：“不会的！她曾经跟我说，只有跟我在一起的时候她才会感到幸福！”

苏格拉底：“那是曾经，是过去，可她现在并不这么认为。”

失恋者：“这就是说她一直在骗我？”

苏格拉底：“不，她一直对你很忠诚。当她爱你时，她和你在一起，现在她不爱你，她就离去了，世界上再没有比这更大的忠诚。

如果她不再爱你，却还装得对你很有情谊，甚至跟你结婚生子，那才是真正的欺骗。”

失恋者：“可我为她所投入的感情不是白白浪费了吗？谁来补偿我？”

苏格拉底：“不，你的感情从来没有浪费，因为在你付出感情的同时，她也对你付出了感情，在你给她快乐的时候，她也给了你快乐。”

失恋者：“可是这多不公平啊！”

苏格拉底：“的确不公平，我是说你对所爱的那个人不公平。本来，爱她是你的权利，但爱不爱你则是她的权利，而你却想在自己行使权利的时候剥夺别人行使权利的自由。这是何等的不公平！”

失恋者：“可是您看得明白，现在痛苦的是我而不是她，是我在为她痛苦！”

苏格拉底：“为她而痛苦？她的日子可能过得很好，不如说你为自己而痛苦吧。”

失恋者：“依您的说法，这一切倒成了我的错？”

苏格拉底：“是的，从一开始你就犯了错。如果你能给她带来幸福，她是不会从你的生活中离开的，要知道，没有人会逃避幸福。不过，时间会抚平你心灵的创伤。”

失恋者：“但愿有这一天，可我的第一步该从哪里做起呢？”

苏格拉底：“去感谢那个抛弃你的人，为她祝福。”

失恋者：“为什么？”

苏格拉底：“因为她给了你寻找幸福的新的机会。”

酷评

失恋之后才会长大

人只有经历一场深刻的失恋之后，才会真正长大。

感情的事基本上没有谁对谁错，对方要离开你，总是你有什么地方不能令人满意。不妨想想曾经在一起的日子，一切都是美好的。

一个萝卜一个坑，那是婚姻情况。事实上，对于爱情来说，优秀的男女，都会是一个萝卜好几个坑。所以，毫不奇怪，这个世界天天上演着悲欢离合的故事。不过，一个萝卜很可能先后跳进一个坑。如果一个萝卜占着好几个坑，那么，它就不是一个好萝卜，而是爱情骗子。

初恋总是美好而难忘的，但令人遗憾的是，初恋通常是失败的。初恋的美好与失败，原因多半是自己的青涩。

只有当你爱上一个人的时候，这个人才能伤害你。大多数女人，都只能伤害真正爱她的男人。

男人们常嘲笑女人们的气量小，其实男人自己的气量也未必比女人大多少，而且远比女人自私得多。

上帝创造了男人，发现他还不够孤独，便给了他一个女人作伴，使他更真切地感觉到寂寞。

学会用理解的欣赏的眼光去看对方，而

不是以自以为是的关心去管对方。

成熟的人，不问过去；聪明的人，不问现在；豁达的人，不问未来。

故事 18

参孙和大利拉

参孙是琐拉人，属以色列的但族。他出生的时候，以色列人正受着非利士人迫害。上帝晓谕他的母亲说：“你不可用剃头刀剃他的头，将来他必将拯救以色列人脱离非利士人的手。”

参孙从小就力大无穷，英勇机智。他曾杀死过许多非利士人，非利士人也视参孙为眼中钉、肉中刺。参孙自恃勇力，常常在光天化日之下出入非利士人的城市，如过无人之境。

不久，参孙爱上了一个叫作大利拉的非利士女人，并且住到了她家里去。非利士人得知后，就对大利拉说："求你探探参孙的口气，问他为什么会有如此大的力气，用什么方法才可以制服他。如果得到参孙的秘密，我们就给你 100 舍客勒银子。"大利拉同意了。

在和参孙调情时，大利拉就撒娇地问他："你力气那么大，难道就没有制服你的方法了吗？"

参孙多次吃过女人的亏，就骗了大利拉："如果用 7 条未干的青绳子捆绑我，我就软得像一摊泥了。"

大利拉信以为真，赶忙告诉了其他非利士人。他们预先埋伏在大利拉家，趁参孙熟睡之际，用青绳子将他捆绑了之后，就一起上来抓他。参孙惊醒后，一把就挣脱了身上的绳子，非利士人都被吓跑了。

后来，大利拉又故技重演，但每次参孙都很谨慎，都没有使非利士人得逞。大利拉真的生气了，不去理睬参孙。这下，参孙非常郁闷，想尽办法去哄大利拉。最后，参孙终于挡不住大利拉的追问，如实告诉了她：“如果有人剃了我的头发，我的力气就会离开我，我就软弱得跟正常人一样了。”

这回，非利士人终于抓到了参孙。他们把他带回迦萨，用刀剜了他的双眼，用铜链铐住他的手脚，把参孙打入死牢。

日子一天天过去了，参孙的头发又长出来了，他又恢复了以往的力气，但非利士人却忽略了这一点。

有一天，非利士人的首领聚在一起，要给他们的神献祭。他们叫了参孙过来给他们取乐，参孙暗中祈求上帝能给他最后一点力量，好让他报非利士人的仇。

参孙用双手抱住支撑大殿的两根巨大的石柱，大吼一声：“我情愿与非利士人同归于尽！”他尽力屈身，猛地推那两根柱子。顷刻间，房子倒塌了，压死了所有在场的人。

参孙死时所杀的非利士人，比他活着时

所杀的还要多。

酷评

保持头脑清醒

这个故事给了我们以下三个启示：

启示一：摆正爱情的位置。

当一个人处在恋爱中，特别是处于热恋

中时，他（她）的智商往往是最低的。燃烧着的爱情是一团喷涌的火焰，它可以使人感到无比的温暖，但若不能控制，则会烧毁一个人。鲁迅说：“不能‘只为了爱——盲目的爱’，而将别的人生的要义全盘疏忽了。”要记住：爱，是为了更好地生活。

启示二：最核心的机密，无论如何都不能泄露。

每个人都有秘密，自己的，或者别人的。有的秘密只是因为我们羞于展示给别人，有的秘密则是无论如何都不能泄露的，哪怕甚至要为此而献出生命。

启示三：只要活着，都有反败为胜的机会。

不要为一次的失利而苦恼不已，机会就在前方，只要我们懂得把握。不可失去的，是我们的信心。但是，参孙为此付出的代价是与敌人同归于尽，他犯了前面两个错误，他已经没有别的选择。所以，要尽量避免错误的出现，以免花更大的代价去挽回。

故事 19

世界上最好笑的一句话

60 多年前，一个朋友给我讲了一个笑话，把我笑翻了，后来由于肚子太疼进了医院。医生给我做手术前，问我为什么笑成这样，我就讲给他听。他听后狂笑不止，最后竟然笑死了。

我被送上了法庭。法官让我把那个笑话讲出来，由陪审团判定事实是否符合“过失杀人”的条件，我要求签订免责合同。法官宣布休庭，一天后重新开庭，宣布接纳我的意见。于是，我当庭把那个笑话讲了出来，结果有人笑得敲桌子，有人笑得在地上打滚。后来，当天所有听到这个笑话的人都笑死了。

我瞬间成了名人，各路记者纷纷要求采访我，我知道这笑话讲出去可能构成公共侵害，于是对着镜头，我含糊地说了一番话，大意就是：“理由永远是谎言，信仰永远是自慰。”节目播出后，引起巨大反响。可没想到，有一天，几个神秘便衣闯进我的卧室，把我连拖带拽拉到一个黑屋子里。过了好久，一束强光照到我脸上。我勉强睁开眼睛，惊呆了，坐在我面前的人是目前唯一与我一样家喻户晓的人——总统。

总统大致说明了抓我的目的，很简单：把这个笑话录下来，然后送到敌对国家的独裁者那儿，笑死他。我只好答应他的要求，同时提出此笑话属于大规模杀伤性武器，不可针对平民。总统答应了。

两个星期后，总统宣布已经掌握了那个笑话的关键技术，并且在沙漠地区试用成功。

这在国际间引起轩然大波，很多国家惊慌失措，国际军事学家将此命名为“笑威慑”。就在此时，东方一个国家突然宣布也掌握了该笑话，原来给我讲笑话的那哥们儿投靠了该国。于是，我们之间形成了“笑威慑平衡”。

三年后，4 月 1 日，我终日担心的事情终于发生了：一个恐怖组织掌握了那个笑话的原始技术。结果，文明遭到前所未有的破坏，各国惶惶不可终日。联合国只好召开全球首脑大会，最后将 4 月 1 日设定为愚人节。

60 多年过去了，我已经风烛残年。在离开世界之前，作为历史见证人，我想有必要把这个笑话讲给大家。那天，我朋友给我讲的那个笑话很简单，很短，就一句话：

他说：“我相信爱情！”

酷评

不要误解爱情

爱情是丰富多彩的。回顾 20 世纪著名的爱情，最动人的是爱德华八世和辛普森夫人，最令人心碎的是查尔斯与戴安娜，最广为传播的是克林顿与莱温斯基，最矛盾的是萨特和西蒙·波伏娃……

在人们眼里，爱情是最捉摸不定、最不可相信的。其实，爱情没有错，错的是人们看爱情的眼光。

对爱情，一切阐释都显得底气不足，任何权威都像婴儿一样无助。也许正是因为爱情的不确定性，人们才对忠贞不渝、海枯石烂的爱情故事充满好奇和赞叹。罗密欧与朱丽叶是西方爱情的典范，梁山伯与祝英台是中国爱情的绝唱。内心深处，我们对爱情满是向往。

爱不单单是一种回报，爱本质上更是一种奉献。我们常常被爱情伤害，那不是爱情的错。人们总是在失恋中成长。爱情没有伤害人，相反，人在伤害爱情。现在，爱情的最大敌人，不是不忠，而是婚姻经济学，原因在于人们追求的不是爱情，而是爱情的附加值。

莎士比亚说：“我承认天底下再没有比爱情的责罚更痛苦的，也没有比服侍它更快乐的事了。爱是一种甜蜜的痛苦，真诚的爱情永不是走一条平坦的道路。”

练习吹牛 P.F.E

故事 20

女人让男人与猪、老虎和狐狸赛跑

女人实在是狡猾的动物，女人常常让男人陷入这样一种境地，打个比方：

女人让男人与猪、老虎和狐狸赛跑。

男人如果跑在猪后面，女人要鄙视他怎么连猪都不如；

男人如果跑在猪前面狐狸后面，女人又要鄙视他禽兽不如；

男人如果跑到老虎前面，女人就要破口大骂他比禽兽还禽兽。

猪代表碌碌无为的庸人，狐狸代表一般的中层人士，老虎代表厉害的所谓成功人士。

女人既不能忍受男人是庸人，也不希望他总在下游停滞不前，但当男人一旦忍辱负重地成功了，她又要猜疑咒骂他的冷血恶毒、不择手段。

女人希望男人“比上稍不足，比下多有余”，要有足够的钱，足够的温情，足够的空闲，这样她们才有安全感，就是介于老虎和狐狸之间，比老虎松弛那么一点，比狐狸“快”那么一点。

可是男人就不干了，男人怎么能跑到狐狸和老虎之间呢？那样无论是老虎稍一回头，还是狐狸稍一龇牙，他都逃也逃不掉，所以谁说女人是危险的动物？女人只不过是常常让男人这一动物陷入“动物危险”而已。

酷评

女人的中庸之道

初看上去，你真不明白这篇文章是在夸

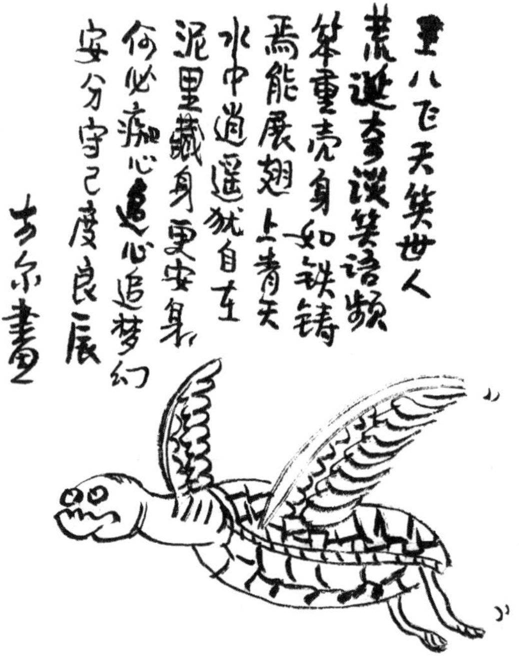
王八飞天笑世人
荒诞夸谈笑语频
笨重壳身如铁铸
焉能展翅上青天
水中逍遥犹自在
泥里藏身更安泉
何必痴心追心追梦幻
安分守己度良辰
方尔画

女人，还是在损女人。

其实，它道出了一种人生哲理：女人的哲学，是中庸之道。什么是“中庸之道”？就是永远居中、折衷。

作为男人，满足女人这样的期许，实际上并不难。原因在于：大多数人都会同与自己相似的人结婚，同时，一般男方的综合分值略高于女方，否则女人就算是下嫁了。当然，如果相差得太悬殊，就是灰姑娘的故事。也就是说，不同层次的女人对男人有不同的要求，大多数男人满足女人的期许并不难。从这个起点开始，男人和女人都在进步和发展。此时，女人开始承担大量的家庭义务，男人仍然是占优势的。

但是，问题出现了。女人并不是自己与男人赛跑，而是让男人与别的男人赛跑。同时，她的期望值是中上。所以，男人别无选择。幸好，情况永远是比上不足，比下有余。

女人的中庸之道，是一种生存哲学。好女人是一所学校，男人或许永远不会毕业，但可以从中学到很多东西。

故事21

老头子做事总不会错

一对清贫的老夫妇，想把家中唯一值点钱的一匹马拉到市场上，去换点更有用的东西。

老头子牵着马去赶集了，他先与人换了一头母牛，又用母牛换了一只羊，再用羊换了一只鹅，又由鹅换了母鸡，最后用母鸡换了别人的一大袋子烂苹果。每一次交换，他都想要给老伴一个惊喜。

当他扛着大袋子来到一家小酒店歇息时，遇上两个英国人。闲聊中他谈到自己赶集的经过，两个英国人听了哈哈大笑，说他回去准得挨老婆的一顿臭骂。老头子坚持说绝对不会，英国人就用一袋金币打赌，说如果他回家未受老伴任何责罚的话，金币就算输给他了。于是，三人一起回到老头子家中。

老太婆见老头子回来了，又是给他拧毛巾擦脸，又是端水解渴。老头子讲起赶集的经过，毫不隐瞒。

每听到老头子讲用一种东西换另一种东西时，她总是十分激动地予以肯定：

“哦！我们有牛奶了！”

“羊奶也同样好喝！”

“哦！鹅毛多漂亮！”

“哦，我们有鸡蛋吃了！”

最后听到老头子背回一袋已开始腐烂的苹果时，她同样不愠不恼，大声说：“我们今晚可以吃到苹果馅饼了！”

说完搂着老头子，深情地吻他的额头。

宽容

这是一则安徒生童话：一个永远相信自己丈夫的人会有好的回报。

事情的结果尽管重要，但是做事情的过程更加重要。好的结果使我们快乐，但过程使我们的生命更充实。人生的尽头是死亡，我们不能因此说我们的生命没有意义。

爱情是永恒的吗？不，它是脆弱的。多少山盟海誓，都已经随风飘散。所以，真实的说法应该是："我此时此刻正在真心地爱着你。"明天，你也许会失恋，会体验到失恋的痛苦。如果是那样，那么，这种体验，也是丰富你生命的一个过程。

夫妻间最重要的基础是什么？是宽容、尊重、信任和真诚。即使对方做错了什么，只要心是真诚的，就应该重过程、重动机而轻结果，这样才能有家庭的和睦。夫妻间恩爱、宽容是善待婚姻的最好方式。充分理解对方的行为，不苛求、不责怨，如此必然给对方以爱的源泉，婚姻也一定会如童话般和和美美，幸福美满。

心存感激、互敬互让、享受生命的过程，这就是生命的意义所在。

故事 22

婚姻就像一朵花

一位已婚的中年妇女向她的心理医生抱怨她单调乏味的婚姻："长久以来，我的婚姻生活就像一潭死水。我和我的丈夫都感到十分厌倦，我们之间缺乏交流和必要的互动。"

医生问她："如果你有一盆美丽的鲜花，你将如何照料它？"

"我会为它浇水施肥，让它享受充足的阳光，细心地呵护它。"

"如果你的婚姻是一朵花，你又为它做了些什么？"

女士突然意识到了些什么："如果我们能够每天为对方多做一点事，尽量为对方考虑，互相关心彼此的生活，那么，这些努力就像是给我们的婚姻之花精心护养一样。事实上，我对我的外观太忽视了，我一点都不想为取悦我的丈夫而打扮得漂漂亮亮，也没有很好地关心他的生活，常常忽略他的感受。我的丈夫也和我差不多。我们都没有很好地照看我们的婚姻之花。"

酷评

婚姻需要用心经营

婚姻并不是一劳永逸的终身保险。这一点，从居高不下的离婚率可窥一斑。事情并不是只有一个开端这么简单。王子和公主从此快乐地生活在一起，童话书一般都写到这里为止。

婚姻是需要用心建设和经营的。最初，婚姻只是一粒种子，一粒由夫妻双方共同播下的良种。新婚燕尔往往甜蜜恩爱、如胶似

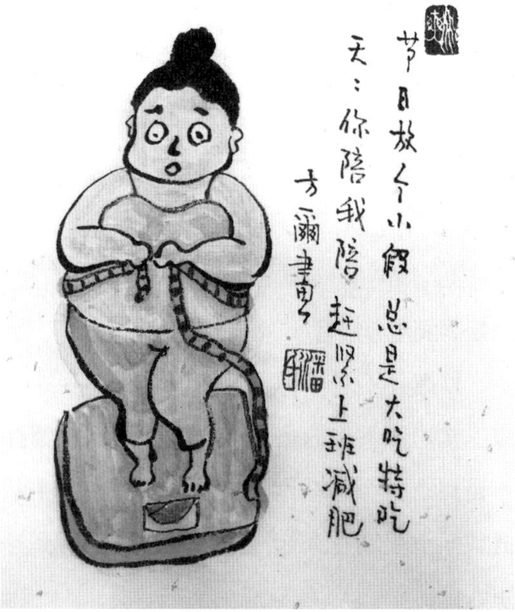
节日放个小假总是大吃特吃
天天你陪我陪赶紧上班减肥
方爾書

漆。此时，种子生长发芽、破土而出，很快它会长成一株娇艳夺目的花朵。最初的新鲜过后，生活就会回归平淡。日复一日柴米油盐的生活，会将最美的女人变成灶头的怨妇。事业的压力和妻子的抱怨，也会使丈夫产生厌烦心理。婚姻的花朵就是在不经意间渐渐枯黄、日日凋零。

俗语说："十年修得同船渡，百年修得同枕眠。"于千万人之中遇见你所要遇见的人；于千万年之中，时间的无涯的荒野里，没有早一步，也没有晚一步，刚巧赶上了等你的那个人，这样的缘分难道不值得好好珍惜吗?

生活是平淡的，爱情却需要更新，正如世上所有的东西都要与时俱进一样。用心呵护你的婚姻之花，因为这是你最大的精神寄托和心灵的港湾。

故事 23

婚姻的真谛

一位女孩即将出嫁，她的母亲陪着她去寺庙烧香求签，见到一位德高望重的老禅师。母亲禁不住替女儿请教道："禅师，我的女儿马上就要出嫁了。嫁人以后，应该怎样把握婚姻和爱情呢？"

禅师听了那位母亲的话，微微一笑，对那位母亲说："请施主从地上捧起一捧沙子。"

母亲虽然觉得奇怪，但是立即照办了。

禅师指着母亲手中的沙子问女孩儿："沙子的形状是怎样的？"

女孩儿看了一眼那捧沙子，答道："圆圆满满的，没有一点流失，没有一点撒落。"

禅师转身对母亲说："好，现在请施主双手握紧这把沙子。"

母亲按照禅师的吩咐用力将双手握紧，沙子立刻从母亲的手指缝间撒落下来。等到母亲再把手张开时，原来那捧沙子已经所剩无几，其团团圆圆的形状也早已被压得扁扁的。

女孩儿望着母亲手中的沙子，若有所思地点点头。

禅师语重心长地说道："每个人都希望自己永远拥有幸福美满的婚姻，那么不妨学着用对一捧沙子的情怀来对待婚姻。好好珍惜，好好把握，爱情必定会圆圆满满的。"

酷评

方寸之间，好好把握

婚姻关系很微妙，男女双方关系的把握就在方寸之间，拿捏分寸是至关重要的。

年龄渐渐变老
那事明显减少
赶紧锻身体重新回自
画

把沙子紧紧攥在手里，虽然心里是想拼命地抓住，可事与愿违，沙子反而溜走得更快；而如果只是松松地握着，心里同样是想抓住它，沙子却只是溜走一小部分。虽然我们都希望姻缘美满，出发点是好的，可是否每段婚姻都能走到人生的尽头？执子之手，就真能与子偕老吗？好的愿望，未必得到好的结果，关键在于方法。有一种方法可以让沙子一点都不溜走，那就是加一点水，因为潮湿的沙子具有凝聚力。

缺乏智慧的婚姻就是一个战场，每天都会硝烟弥漫，每人都会受伤，最终同归于尽。婚姻源于生活中点点滴滴的平常心。真正美满的婚姻生活是波澜不惊的，它像一杯功夫茶，不但需要你的耐心，更需要你的用心。

正是强烈的得失心使得人们如此迫切地想要抓住婚姻，甚至是婚姻的尾巴。如果你能用平常心来对待，或许婚姻关系也不会变得岌岌可危了。

婚姻是如此，人生也一样。

故事 24

大事与小事

妻子："亲爱的，要让我们今后的生活甜甜蜜蜜，以后所有的大事都由你来决定，而所有的小事都要听我的安排，怎么样？"

丈夫："那么，具体哪些小事听你的安排呢？"

妻子："我决定应该申请什么样的工作，应该住什么样的房子，应该买什么样的家具，应该到哪里度假，等等，诸如此类的事。"

丈夫："那么，哪些大事由我来决定呢？"

妻子："你决定谁来当总统，我国是否应

该参加对贫穷国家的援助，我们对原子弹应该采取什么样的态度，等等。”

酷评

生活只有平常事

生活无大事，生活也无小事。

生活就是衣食住行，生活就是一日三餐，生活就是今天穿什么衣服，生活就是柴米油盐酱醋茶。生活常常不是轰轰烈烈，而是简简单单。所以说，生活无大事。但是，生活又来不得半点马虎，否则就给你颜色看，所

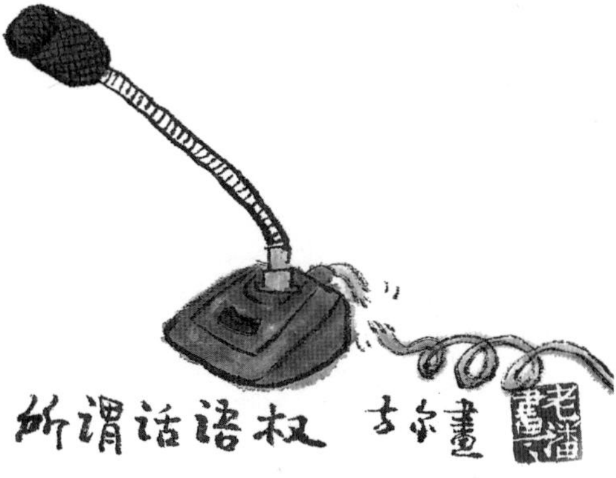

以说，生活无小事。

生活的目的恰是生活本身，任何企图将生活划分为大小事的想法都是不明智的。生活只有内容和方式的差异，却无大小事之区别。

生活的境界是理解生活、融入生活，而不是简单地界定生活。生活的涓涓细流，成就了生活的浩瀚海洋。

生活只有平常事，你我要有平常心。

名人名言

爱情是一位伟大的导师，教我们重新做人。

——莫里哀

爱情是叹息吹起的一阵烟；恋人的眼中有它净化了的火星；恋人的眼泪是它激起的波涛。它又是最智慧的疯狂，哽喉的苦味，沁舌的蜜糖。

——莎士比亚

人只有在恋爱里才能显示个性的闪耀，

才能发挥独创性。

——屠格涅夫

爱情是两个亲密的灵魂在生活及忠实、善良、美丽事物方面的和谐与默契。

——别林斯基

爱情就等于……生活，而生活……是一种责任、义务，因此爱情是一种责任。

——冈察洛夫

爱情不是花荫下的甜言，不是桃花源中的蜜语，不是轻绵的眼泪，更不是死硬的强迫，爱情是建立在共同语言的基础上的。

——莎士比亚

人人有享受人生幸福的权利，而获得爱情就是人生的一种幸福。

——司汤达

爱情是生命的火花，友谊的升华，心灵的吻合。如果说人类的感情能区分等级，那么爱情该是属于最高的一级。

——莎士比亚

爱一个人意味着什么呢？这意味着为他的幸福而高兴，为使他能够更幸福而去做需要做的一切，并从这当中得到快乐。爱情的意义就在于帮助对方提高，同时也提高自己。唯有那因为爱而变得思想明澈，双手矫健的人才算爱着。

——车尔尼雪夫斯基

爱情激荡着活跃的情绪，它可以使死亡的心复活，它可以使沙漠里有人居住，它可以使爱人的幻影重新显现……

——大仲马

爱能使伟大的灵魂变得更伟大。

——席勒

真诚的爱情的结合是一切结合中最纯洁的。

——卢梭

为着品德而去眷恋一个情人，总是一件很美的事。

——柏拉图

了解爱情的人往往会因为爱情的升华而坚强了他们向上的意志和进取的精神。

——培根

金钱搅在爱情一块儿，不是太丑恶了吗？

——巴尔扎克

爱情不仅不能买卖，而且金钱是必然会扼杀爱情的。

——卢梭

爱情是不能定做的。

——巴尔扎克

幻想的爱情比老实的爱情来得更活跃，但热烈的时光是短促的。

——司汤达

忠诚的爱情充溢在我的心里，我无法估计自己享有的财富。

——莎士比亚

真正的爱情能够鼓舞人，唤醒他内心沉睡着的力量和潜藏着的才能。

——薄伽丘

我们之所以爱一个人，是由于我们认为那个人具有我们所尊重的品质。

——卢梭

恋爱原是一种可以提高生命价值的很华贵的东西。

——霭理士

恋爱确实是自然赋予人生最美妙的礼物。

——武者小路实笃

恋爱除了给人在心理上的积极作用外，还因男女双方感情上的交流及相互关怀而打破人与人的孤独和疏远感。

——弗洛伊德

恋爱是对异性美产生出来的一种心理上燃烧的感情。

——萧伯纳

恋爱是开启人生秘密的钥匙。

——岛崎藤村

没有一场深刻的恋爱，人生等于虚度一样。

——罗曼·罗兰

恋爱是我们第二次脱胎换骨。

——巴尔扎克

懂得恋爱，人生的花苞才会开放。

——武者小路实笃

我们虽然逃不过恋爱的烦恼，但可以事先预防，免于沦为恋爱的玩具。

——罗曼·罗兰

不要为了寂寞去恋爱，时间是个魔鬼，天长日久，如果你是个多情的人，即使不爱对方，到时候也会产生感情，最后你怎么办?

——弗洛姆

若你流泪，湿的总是我的脸；若你悲戚，苦的总是我的心。

——拜伦

有人说，女人是用耳朵恋爱的。可男人如果会产生爱情的话，却是用眼睛来恋爱的。

——王尔德

爱恋的同时又想保持理智是不可能的。

——贺拉斯

恋爱和疑忌是永不交谈的。

——纪伯伦

爱愈是强大，忧烦愈是深，芝麻之事也令人牵肠挂肚，而强大的爱便由此诞生。

——莎士比亚

恋爱的痛苦比其他所有的快乐更使人愉快。

——约·德莱顿

对恋爱，除了相爱之外，没有再好的治疗方法了。

——梭罗

4.

亲情温暖人心

☞ 家，是一个人生命航程的起点，也是最后的港湾。你的追求，你的渴望，你全部的爱与恨，最终，都会在家里找到归宿。

☞ 爱是生命中最好的养料。除了爱，世界上没有什么别的力量可以拥有这么惊人的魔力。

☞ 苏格拉底认为：一个凶悍的太太，对她丈夫的性格锤炼来说，是一种天然的恩赐。

☞ 谁知道他刚回到家门口时，母亲便激动地跑了出来：披头散发，一只脚穿鞋，一只脚没穿鞋……此人顿悟！

☞ 这个世上，人人都赞美爱的无私、真情可贵。可是有谁能想到，爱有时也是一种伤害。太多的爱，有时也是一种伤害。

故事 25

养老院墙上的文章

这是一篇从养老院墙上发现的文章：

孩子！当你还很小的时候，我花了很多时间，教你慢慢用汤匙、用筷子吃东西。教你系鞋带、扣扣子、溜滑梯、教你穿衣服、梳头发、擤鼻涕。这些和你在一起的点点滴滴，是多么令我怀念不已。

所以，当我想不起来，接不上话时，请给我一点时间，等我一下，让我再想一想……极可能最后连要说什么，我也一并忘记。

孩子！你还记得我们练习了好几百回，

才学会的第一首儿歌吗？是否还记得每天总要我绞尽脑汁，去回答不知道你从哪里冒出来的问题吗？

所以，当我重复又重复说着老掉牙的故事，哼着我孩提时代的儿歌时，体谅我。让我继续沉醉在这些回忆中吧！切望你，也能陪着我闲话家常吧！

孩子，现在我常忘了扣扣子、系鞋带。吃饭时，会弄脏衣服，梳头发时手还会不停地抖，不要催促我，要对我多一点耐心和温柔。只要有你在一起，就会有很多的温暖涌上心头。

孩子！如今，我的脚站也站不稳，走也走不动。所以，请你紧紧地握着我的手，陪着我，慢慢的，就像当年一样，我带着你一步一步地走。

酷评

关注老人的精神需求

老人的今天，就是我们的明天。

当今美国社会，日益变成孩子的天堂、成年人的战场和老年人的坟场。

反观中国的情况，有所不同。对于中国的孩子来说，社会并不是天堂。过重的学业

负担和升学压力，使许多孩子从来没有机会体验到金色的童年。不少家长还把改善家庭经济状况的希望，全部寄托在孩子的学业上。许多学校也一样，事实上，最没有出息的做法是：学校把升学压力转嫁给老师，老师把升学压力转嫁给学生。这样培养出来的孩子，往往心智不健全。

对于中国大多数的成年人来说，社会的确是战场。所以，从生活质量上来说，最好还是生活在中小城镇。

对于中国的老年人来说，城市的竞争使得他们的晚辈不可能有太多时间来陪伴他们。而农村社会的空壳化，更是我们无法回避的问题。尽管现在大多数老年人已经解决温饱问题，但是，我们还应该重视老年人的精神需求。

若为人子女者不懂得如何体谅他们，那他们便只能在痛苦中度过余生，在黑暗中默默逝去……

故事 26

真爱

墨西·门德尔松是德国知名作曲家门德尔松的祖父。他的外貌极其平凡，除了五短身材之外，还是个古怪可笑的驼子。

一天，他到汉堡去拜访一个商人。这个商人有个心爱的女儿名叫弗西，墨西无可救药地爱上了她，但弗西却因他的畸形外貌而拒绝他。

到了必须离开的时候，墨西鼓起了所有的勇气，上楼到弗西的房间，把握最后和她说话的机会。她有着天使般的脸孔，但让他十分沮丧的是，弗西始终拒绝正眼看他。经过多次尝试性的沟通，他害羞地问：“你相信姻缘天注定吗？”

“相信，”她眼睛盯着地板答了一句，然后反问他，“你相信吗？”

他回答：“我听说，每个男孩出生之前，上帝便会告诉他，将来要娶的是哪一个女孩。我出生的时候，未来的新娘便已许配给我了，上帝还告诉我，我的新娘是个驼子。我当时向上帝恳求：‘上帝啊！一个驼背的妇女将是个悲剧，求你把驼背赐给我，再将美貌留给我的新娘。’”

弗西看着墨西的眼睛，并被内心深处的某些记忆所搅乱了。她把手伸向他，之后，成了他最挚爱的妻子。

酷评

不必为自己的长相自卑

老门德尔松的确是语言高手！

简简单单的三言两语，就能搞定一桩婚

觉
冬季天寒
地冬时万物
睡觉都休
息自然
秩序从不
乱社会
人生却未必
方尔畫
老潘
印信

姻大事。究其成功之处，最主要的，不是口才，而是自信。

一个人的外貌，是给人的第一印象。如果我们有一个好的外貌，固然可以沾沾自喜，但如果长相不佳，也大可不必垂头丧气。长相不佳，虽然是我们的不幸，但不是我们的错。同时，这种不幸已经存在，有的也许可以改变，这就是为什么整容院和美容院的生意那么红火；有的也许还无法改变。既然无法改变，那么，如果老是想着它，又有什么用呢？非但没用，反而会不断打击自己的自信，强化自己的自卑，人为地阻碍自己的发展，那样又何苦呢？

一个人，最重要的是他的内心。一个人的内心，是可以改变的。同时，一个人的学识、能力、修养乃至观念，都是可以改变的。世界相信实力，我们要千方百计地增强自己的竞争力，那才是我们的立身之本。面对这样的情况，我们完全没有时间自卑。

所以，不必为自己的长相自卑。

故事 27

握手歌

握着老婆的手，好像左手握右手。

握着小姐的手，好像回到十八九。

握着小秘的手，直往怀里搂啊搂。

握着女同学的手，后悔当初没下手。

握着情人的手，酸甜苦辣样样有！

这是一段新民谣，每当有人念出第一句：“握着老婆的手，好像左手握右手”，熟悉的或不熟悉的人便会意地放声笑起来，气氛立刻就活跃了。

大家对该顺口溜的一致理解——感觉准确，描述到位。

有一天，在餐桌上有人又念起这段顺口溜，男人们照例笑得起劲。

后来，他们发现餐桌上的一位女人没笑。男人们忙说：“闹着玩，别当真。”没想到，女人认真地说：“最妙的就是这左手握右手：第一，左手是最可以被右手信赖的；第二，

左手和右手彼此都是自己的；第三，别人的手任怎么让你愉悦兴奋魂飞魄散，过后都是可以甩手的，只有左手，甩开了你就残缺了，是不是？”

一桌子男人都佩服，称赞女人的理解深刻而独到。

女人淡淡地说：“有什么深刻独到，不妨回去念给你们各自的老婆听听，看她们说些什么。”

男人当中有胆子大的，回去试探着问老婆。果然，老婆们的理解均与餐桌上的女士相同。

她们都是左手，男人们当然要以左手计。

而他们都是右手，他们当然作右手想。

酷评

毕竟是自己的家温暖

说句心里话，无论你从事什么职业，无论你走得多远，无论你有多年轻或者有多年长，你都会想家，你都会念家，你都会想回家。

中国的俗话说："金窝银窝，不如自己家的草窝。"家，是一个人生命航程的起点，也是最后的港湾。你的追求，你的渴望，你全部的爱与恨，最终，都会在家里找到归宿。今天，你在世界上播种，是为了明天在家里得到收获。

家里或许有年迈的父母，或许有年幼的子女，更重要的是，家里有妻子。

这是一个上孝公婆，下教子女，一辈子任劳任怨，一辈子与你荣辱与共的人，换句话说，是你最值得信赖的人。按照这则故事里的说法，是你的左手——虽然不如你有力，但绝对少不了。

有了她，才有家；有了她，才有家的温暖。

故事28

生命的养料

一个小男孩几乎认为自己是世界上最不幸的孩子，因为患脊髓灰质炎给他留下了瘸腿和参差不齐且突出的牙齿。他很少与同学们游戏或玩耍，老师叫他回答问题时，他也总是低着头一言不发。

一个平常的春天，小男孩的父亲从邻居家讨了一些树苗，他想把它们栽在房前。他叫他的孩子们每人栽一棵。父亲对孩子们说，谁栽的树苗长得最好，就给谁买一件最喜欢的礼物。

小男孩也想得到父亲的礼物。但他看到兄妹们蹦蹦跳跳提水浇树的身影，不知怎么地，萌生出一种阴冷的想法：希望自己栽的那棵树早点死去。因此浇过一两次水后，他再也没去搭理它。

几天后，小男孩再去看他种的那棵树时，惊奇地发现它不仅没有枯萎，而且还长出了几片新叶子，与兄妹们种的树相比，显得更嫩绿、更有生气。父亲兑现了诺言，为小男孩买了一件最喜欢的礼物，并对他说，从他栽的树来看，长大后一定能成为一名出色的植物学家。

从那以后，小男孩慢慢变得乐观向上起来。

一天晚上，小男孩躺在床上睡不着，看着窗外那明亮皎洁的月光，忽然想起生物老师曾说过的话：植物一般都在晚上生长，何不去看看自己种的那棵小树。当他轻手轻脚来到院子里时，却看见父亲用勺子在向自己栽种的那棵树下泼洒着什么。顿时，他一切都明白了，原来父亲一直在偷偷地为自己栽种的那棵小树浇水施肥！他返回房间，任凭泪水肆意地奔流……

几十年过去了，那名瘸腿的小男孩虽然没有成为一名植物学家，但他却成为了美国总统，他的名字叫富兰克林·罗斯福。

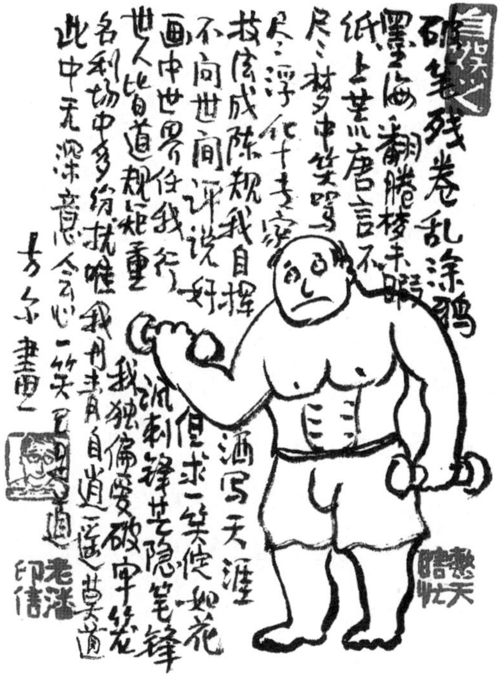

爱是生命中最好的养料

爱是生命中最好的养料。哪怕只是一勺清水，也能使生命之树茁壮成长。也许那树是那样的平凡而不起眼，也许那树是那样的瘦小，甚至还有些枯萎；但只要有这养料的浇灌，它就能长得枝繁叶茂，甚至长成参天大树。

爱是生命中最好的养料。爱，可以感动人，激励人；爱，可以改变人，塑造人；爱，可以让一只丑小鸭变成白天鹅。一句话，爱可以点亮一个人的生命。世界上的感情是不可替代的。除了爱，世界上没有什么别的力量可以拥有这么惊人的魔力。

爱是生命中最好的养料。不要吝啬自己的爱，为他人，为世界，也为自己。相信总有那么一天，你终究会欣喜地发现，那棵小树苗，已经长成了枝繁叶茂的参天大树。

故事 29

最后的时刻

苏格拉底是古希腊伟大的哲学家，出生于雅典的中等阶级家庭。他是天生的幽默大师，无论什么时候，他都能保持轻松愉快的心情。

他是一个智者，喜欢研究哲学、天文和几何。苏格拉底的妻子名叫灿蒂柏，颇有悍名。每当灿蒂柏大发雷霆的时候，这位大哲学家总是默默地抗议，使强悍的妻子常感英雄无用武之地。

有一次，在妻子无理盛怒时，苏格拉底

仍作无言的抗议。他的妻子气闷不过，将一桶水泼浇在丈夫的头上，这位大师只微笑着说：“我就知道在打雷之后，必定会下雨。”

但是，一到紧要关头，夫妻之间的真情还是会自然地流露出来。当苏格拉底被判死刑的消息传到他妻子的耳朵里时，灿蒂柏痛哭不已、泪流满面。到这个时候，这位哲人仍然很轻松地对他的弟子们说：“你们劝她回家吧！我一生最怕看见女人流眼泪了。”

他的妻子哭着说：“苏格拉底，你是冤枉的呀！你不能无罪而死啊！”

苏格拉底却平静地走到妻子身边，说：“无罪而死，死得很光明磊落啊！难道你希望看到我被公正地处死吗？”

酷评

智者思考问题的方式

苏格拉底思考问题方式，是一种乐观的方法。

苏格拉底有句名言：“娶一位好妻子的男

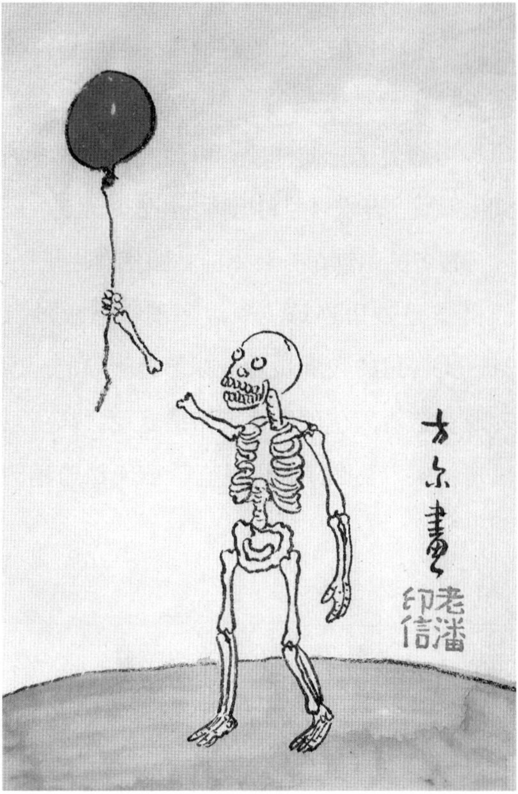
老潘印信

人，会变得快乐；娶一位坏妻子的男人，会变成哲学家。”哲学对于苏格拉底来说已不是纯思辨的私事，而是他对人生的态度。他认为：一个凶悍的太太，对她丈夫的性格锤炼来说，是一种天然的恩赐。这一忍让态度，巧妙地避免了正面冲突。由此，这位智者的文化素质、艺术修养和坦荡胸怀表露无遗。

智者的幽默是一种本能。即使面临死亡，他仍然是妙语连珠，冲淡了不少悲哀的气氛。大智慧的人到最后一刻都是幽默的，因为他有笑对人生的胸襟。如果连死亡都可以付诸一笑，那么，人生还有什么无法跨越的障碍？

故事 30

母亲的力量

在安第斯山脉，生活着两个敌对的部落，一个生活在山下的洼地，一个则生活在山上。

一天，生活在山上的部落突然对山下的部落发动了侵略，他们不仅对山下的部落进行了劫掠，还绑架了一户人家的婴儿，并把他带回到了山上。

山下部落的人们不知道怎样才能跑到山上去。尽管如此，他们还是派出他们部落中最优秀、最勇敢的战士，希望爬到山上，找回孩子。可是，他们尝试了所有的方法，都没能爬上山。绝望无助之中，他们准备返回山下的村庄。

正当他们收拾登山工具准备返回山下时，他们看到被绑架孩子的母亲，正背着孩子向他们走来。

这怎么可能？

其中一个人与她打招呼并问道：“我们是部落中最强壮的男人了，都不能爬到那座山上去，而你却为什么能呢？”

孩子母亲耸耸肩，回答道：“因为那不是你们的孩子！”

酷评

爱，创造奇迹

如果整个世界都抛弃了你，至少还有母亲不会抛弃你。

这个故事以真情为线索，向我们讲述了一个感天动地、催人泪下的亲情故事，自始至终都涌动着一股爱的暖流。这股暖流渗入大地，融入每个人的心底。为了找回孩子，善良的母亲能够独自爬上山去，为了从死神手中抢回自己的亲人，一个人能够爆发出超人的力量。这就是爱，爱创造了这个世界，爱充满了这个世界。

亲情的力量是伟大的，它可以救人于危难之中。世界需要温暖，世界需要爱，人世间最重要、最珍贵的就是亲情的爱。

如果整个世界都抛弃了你，至少还有母亲不会抛弃你。

大而言之，每个人都是世界这个大家庭的一员，都要宽容，都要善良。我们生活在一个世界里，每个人都不是一个独立的个体，人与人之间不应该勾心斗角、虚情假意，我们需要真诚与信任。只有这样，我们生活的空间才会变得温暖如春。

故事 31

没有上锁的门

乡下偏僻的小村庄里，有一对母女相依为命。

但是，女儿却厌倦了乏味的乡村生活，她向往外面的华丽世界。某天清晨，女儿趁母亲睡觉时偷偷离家出走了。

可惜，这世界并不如她想象中那样美丽动人。十年后，已经长大成人的女儿拖着受伤的身躯和心灵，回到了故乡。

她到家时已是深夜了，微弱的灯光透过门缝渗透出来。她轻轻敲了敲门，却没有人应。继而试着转了转门把手，门一下子开了，她吓了一跳：“好奇怪，母亲之前从来不曾忘记把门锁上的。”

这个时候，在微弱的灯光下，女儿看到母亲瘦弱的身躯蜷曲在冰冷的地板上，她睡着的模样真叫人心疼。

“妈……”

听到女儿的哭泣声，母亲睁开了眼睛，激动地搂住女儿的肩膀。母女俩抱头痛哭。

最后，女儿轻轻地埋怨道：“妈，今天你怎么不锁门，有人闯进来怎么办？”

母亲回答说：“我怕你晚上突然回来进不了家门，所以，十年来门从没锁过啊！”

这天晚上，母亲回复到十年前的样子，紧紧锁上了房门，安心地睡着了。

酷评

母爱的门永远为你敞开

儿行千里母担忧啊！没有上锁的门，那一盏守候的孤灯，正是母亲最伟大的爱。

还有一个故事：一个人一心寻佛。一日，一位高人告诉他：佛是一个披头散发，一只脚穿鞋，一只脚不穿鞋的人。他找了很久很久，未果。谁知道他刚回到家门口时，母亲便激动地跑了出来：披头散发，一只脚穿鞋，一只脚没穿鞋……此人顿悟！

是的，母亲其实就是你心中那个最尊贵、最伟大的佛。“众里寻他千百度，蓦然回首，那人却在灯火阑珊处。”

小老鼠说：“我很丑，但是我妈妈喜欢。”每一位母亲，都深深爱着自己的孩子。“子不嫌母丑，狗不嫌家贫。”我们要以更多的爱去回报母爱。

家的温暖，给予了我们不断成长的动力。所以，请以同样的爱来爱你的父母吧，珍惜家的温暖吧，让我们的父母不要在开着门的寒风中瑟瑟发抖。

母爱的门，是永远为你开着的。

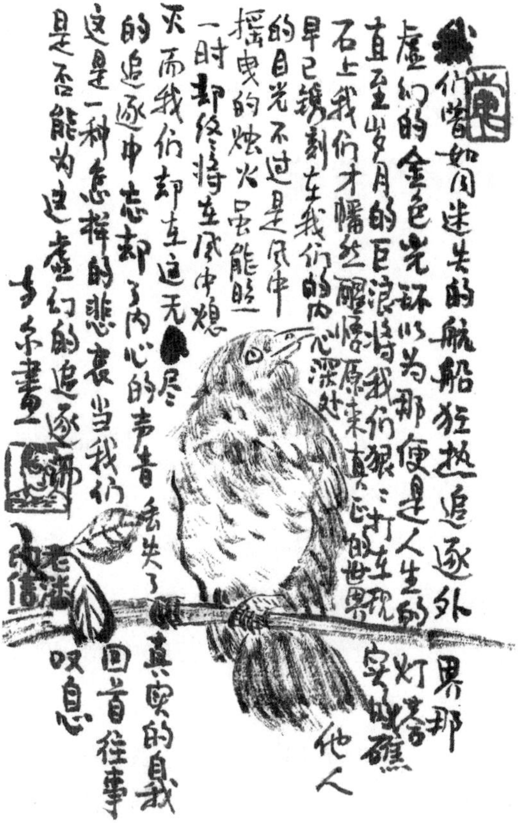
们常如同迷失的航船狂热追逐外界那
虚幻的金色光环以为那便是人生的灯塔
直至岁月的巨浪将我们狠狠打在现实的礁
石上我们才幡然醒悟原来真正的世界
早已镌刻在我们的内心深处他人
的目光不过是风中
摇曳的烛火虽能照
一时却终将在风中熄
灭而我们却在这无尽
的追逐中忘却了内心的声音丢失了真实的自我
这是一种怎样的悲哀当我们回首往事
是否能为这虚幻的追逐叹息

故事 32

小熊的铁碗

森林里有一只小熊。他整天什么都不做，只是睡觉和闲逛。

之所以这么做，是因为他有一个铁碗。里面装满了好吃的食物。小熊认为它是有魔法的碗。碗里有无穷无尽的食物供给，他永远也吃不完。

一天，母熊外出，不小心跌入了深渠，爬不上来了。

因为相信碗里的食物足够吃，所以开始几天小熊没有注意到他母亲走失了。

熊本是山林之王，然而，在这个世界，
就如一个巨大的驯兽场
每个人都是其中的一员，在这浮躁与喧嚣中，我们学会了隐藏真实的自己，迎合他人的期待
然而，这样的生活，真的是我们想要的吗？我们应该以熊的角度看世界，找回那份原始的自我，不被驯化，只有这样，我们才能真正地活出自己。
方乐书

几天以后，小熊发现碗是空的，碗不再是有魔法的碗了。原来，食物是他母亲放在那里的。

最后，母熊爬出了沟渠。当她回到家时，她发现小熊已经饿死了。他就躺在他的铁碗旁边。

酷评

爱也能成为一种伤害

这个世上，人人都赞美爱的无私、真情可贵。可是有谁能想到，爱有时也是一种伤害。

父母对子女过度的保护，会成为溺爱，使孩子在畸形的环境下生长，没有得到应有的锻炼，也失去了呼吸新鲜空气的自由。

大鸟将自己的宝宝强行推出鸟巢，是为了教它们练习飞翔，好适应将来的生活；狮子让幼儿自行捕食，也是为了让它们学会生存之道。

相比之下，一些父母在教育子女的问题

上有些欠缺。如今，子女问题已经成了家庭教育的头等大事，孩子可以说是集万千宠爱于一身。如此一来，造成一大批娇生惯养、弱不禁风的家庭宝贝。

自我意识太过强烈、较少为他人着想、缺乏独立性、动手能力不强……成了不少子女的不良“症状”。长此以往，后果不堪设想。为了后代的将来着想，父母们应该适时放手，因为太多的爱，有时也是一种伤害。

故事 33

第一百个客人

一位老奶奶和一个小男孩走进了小吃店。老奶奶只点了一碗牛肉汤饭给孙子。

饭来了，男孩吞了吞口水对奶奶说：“奶奶，您真的吃过午饭了吗？”

“当然。”奶奶慢慢地嚼着一块萝卜泡菜说。

老板看了不忍，走到两人面前说：“老太太，恭喜您今天好运气，您是我们第一百个客人，所以今天免费！”

一个多月后某一天，老板无意间望向窗

外，却吓了一大跳。他看到小男孩蹲在对面，每看到一个客人走进店里，就把一颗小石子放进他画的圈圈里，但是午餐时间都快过去了，小石子却连五十个都不到。

心急如焚的老板打电话给所有的老顾客、亲戚、朋友：“今天我请吃牛肉汤饭，快来吧！”客人多起来了。“90，91……”当第99个小石子被放进圈圈的时候，小男孩急忙拉着奶奶的手进了小吃店。

“奶奶，这次我请客！”小男孩得意地说。饭送到了真正成为第100个客人的奶奶面前，而小男孩就像上次奶奶一样，含了块萝卜泡菜在口中嚼着。

“也送一碗给那男孩吧。”老板娘不忍心了。

“那小男孩正在学习不吃东西也会饱的道理呢！”老板回答。

吃得津津有味的奶奶问小孙子：“要不要留一些给你？”

没想到小男孩拍拍他的小肚皮说：“不用

了，我很饱，奶奶您看……”

酷评

爱和被爱

爱的真正内涵是：爱和被爱，两者缺一不可。

你想让人家怎样待你，你也要怎样待人家。爱与被爱是相互的，想得到别人的爱，就必须首先学会去爱别人。

有很多事情，起点就是终点，终点又是起点，无限循环。不管你是做什么的，都要学会把爱赋予别人。你给别人多少爱，别人才会回馈给你多少爱。所以，要学会去爱。

如何去爱？我们要学会爱我们的亲人和朋友，爱我们身边的每一个人；除了爱人类之外，我们还要学会爱动物，爱植物，爱自然，爱我们生长的这个地球——只有学会爱，我们才能感觉心灵深处的温暖，感觉到人在世间的责任，感觉到人一生的幸福。而一个不懂得爱的人，在现实生活中是无法真正体

初一
出门
拜年
见面
一通
寒暄
你好
我好
他好
再见又得一年

验到生活的乐趣与幸福的。

“爱”也是一个教育问题。爱的教育从小就要抓，要教育孩子回馈爱，要学会去爱。

同时，我们也发现，要碰到正确的人才能做正确的事。故事里的老板正是深刻地理解爱，所以才会帮助小男孩完成“爱”的回报。

人人有爱，社会有情。让我们学会去爱，不要吝啬我们的爱和能帮助别人学会爱的任何机会！

故事 34

你的叔叔埃兹拉

威廉士夫妇的美满婚姻，差一点因为住在他们家的埃兹拉大叔而触礁。

长长的 12 年时间里，这叔叔住在威廉士家，脾气总是那么怪，总是要别人听他的；吃饭时，他总是第一个坐上桌。后来，老人得了双叶性肺炎死了。从公墓回来的路上，威廉士先生对他的太太说他得坦白一件事。

“亲爱的，”他说，“如果我不是爱你爱得那么深的话，我是无法忍受你那埃兹拉叔叔在我们家住那么长时间的。”

他的太太看着他，十分惊讶。“我的埃兹拉叔叔?”她叫了起来，“我一直以为他是你的埃兹拉叔叔哩!”

酷评

如何同年迈的父母相处

因为爱而回避了彼此的沟通，这是威廉士夫妇12年烦恼的原因。这个故事告诫我们：沟通本来就应该是爱的应有之义，爱情不应该靠面子维系，而是靠理解。

这里想说的是另一个道理：

生活中，有很多人都跟年迈的父母搞不好关系，这种情况常常被理解为不孝，其实也不尽然，有时就是我们的观念出了问题。

年迈的父母在心智上也许已经不是一个正常的健康人了，我们如果仍然以一个正常的健康人的标准要求他们，自然就会产生矛盾。我们乐意把一个小孩当小孩看，为什么就不能把一个老人当老人看呢?

一般，人过了六十岁，心智就开始萎缩，

七八十岁时，他们的心智就会退化到十五六岁孩子的水平。这个时候，如果没有很好的理解他们，没有适当的宽容，那么就会造成家庭的不快。

除了孝心，我们还应该记得：老人就是老人！

名人名言

做了父亲或做了母亲，这是人的第二次降生。

——苏霍姆林斯基

享受着天伦之乐的父亲母亲们，就连无子无女的天使也在羡慕你们。

——拜伦

开始吧，孩子，开始用微笑去认识你的父母吧。

——维吉尔

在你出生之前，你的父母并非像现在这样乏味。他们变成今天这个样子是因为这些年来他们一直在为你付账单，给你洗衣服，听你大谈你是如何的酷。

——比尔·盖茨

如果想让孩子长成一个快乐、大度、无畏的人，那这孩子就需要从他周围的环境中得到温暖，而这种温暖只能来自父母的爱情。

——罗素

父母之间高尚的爱情是孩子们健康的、生气勃勃的、丰富的精神生活的保证。

——苏霍姆利斯基

我们给孩子最好的遗产就是放手让他自奔前程，完全依靠他自己的两条腿走自己的路。

——邓肯

如果父母有威信，对人诚恳，行为高尚，那么儿童就能从他们的榜样中获得最起码的关于诚实的道德观念。

——苏霍姆林斯基

要求子女诚实，做父母的就首先应当自己诚实。

——英格索尔

父亲的德行就是孩子的财产。

——法朗士

父亲——男人的作用是由他的责任心决定的。能够负责人的、能够尽义务的父亲是真正的男人。

——苏霍姆林斯基

慈母手中线，游子身上衣。临行密密缝，意恐迟迟归。

——孟郊

没有自私的、自我牺牲的母爱的帮助，孩子的心灵将是一片荒漠。

——狄更斯

人生最圣洁、最美好的，就是母亲。

——苏霍姆林斯基

无论对谁来说，母亲都是灵魂的故乡，生命的绿洲。

——苏霍姆林斯基

母亲的教育决定子女的前途。

——拿破仑

母亲的心灵是子女的课堂。

——比彻

在孩子的人格和气质形成的幼儿时，家庭环境中的母亲作为孩子的教育者来说，是没有人能够代替的。

——汤因比

在自然赋予人类的一切馈赠中，有什么能胜过自己的孩子呢?

——西塞罗

孩子是成人的雏形。

——华兹华斯

孩子仍然是爱情和义务的永远结合的象征。

——艾略特

孩子是母亲的生命之锚。

——索福克勒斯

即使在最丑的孩子身上，也有新鲜的东西，无穷的希望。

——罗曼·罗兰

每个孩子都是艺术家。问题在一旦长大后如何仍不失为艺术家。

——毕加索

孩子灵魂的丰富创造，补偿了母亲灵魂的日渐贫乏。

——罗曼·罗兰

子女使父母的劳苦变甜蜜，但也使他们的不幸更苦涩；子女增加了父母生活的负担，却减轻了他们对死亡的畏惧。

——培根

孩子的命运是父母创造的。

——拿破仑

爱情浓厚的夫妻生的孩子，往往赋有爱情的特色：温柔、活泼、快活、高尚、热心。

——巴尔扎克

有的儿女使我们感到此生不虚，有的儿女为我们留下终生之憾。

——纪伯伦

儿童乃生命之花，但要使花成为好花，只有及时地用剪刀剪去那些枯枝。

——马卡连柯

不到自己做了父母的时候，就不会了解父母亲对我们的爱。

——比彻

妻子是青年男子的情人，中年男子的伴侣，老年男子的看护。

——培根

婚姻不是使人死亡，就是给人新生，没有模棱两可的选择。

——纪伯伦

结婚之前，你的双眼要睁得大大的，结婚之后不妨半闭起来。

——培根

5.

友情驱散孤独

☞ “从伦敦到罗马，最短的道路是什么?”很多人从地理位置上找答案，结果都落选了。只有一个答案获奖，那就是：一个好朋友。

☞ 方丈笑道：“只要把窗户打开，阳光自然会进来，何必去扫呢?”

☞ 这个世界上有一样东西，与我们的生命一样重要，那就是朋友的生命；这个世界上有一样东西，比我们的生命更重要，那就是朋友的信任。

☞ 欢乐，与别人分享后扩大成两倍；痛苦，与别人分享后则减少了一半。没有人分享的人生，无论面对的是快乐还是痛苦，都是一种惩罚。

故事 35

好朋友

多年前，英国《泰晤士报》曾出了一个题目，公开征求答案，题目是：

“从伦敦到罗马，最短的道路是什么？”

很多人从地理位置上找答案，结果都落选了。

只有一个答案获奖，那就是：一个好朋友。

是啊，有一个好友相伴，沿途说说笑笑，不仅不会嫌路太长，甚至还会叹说此路太短。

重视友情

这个故事可以给我们带来很多启示。

启示一：东西方有不同的友谊观。

实际上，从伦敦到罗马最短的道路，隐喻人生的道路。说到友谊，其实任何民族、任何个人都是喜欢交朋友的。俗话说，秦桧还有仨哥儿们呢。不过，西方文化对友谊的理解，与我们有所不同。最为典型的是美国人，奉行实用主义友谊观，连总统开口说话，也是“……我认为这符合美国的利益”。

启示二：两点之间最短的距离，并不一定是直线。

在人与人的关系以及做事情的过程中，我们很难直截了当就把事情做好。我们有时需要等待，有时需要合作，有时需要技巧。

启示三：打破常规思维。

比如有人问：21世纪靠的是什么“力”，有人说风力、水力、核动力，结果是脑力。可见，社会的发展对人力资源越来越重视。

故事 36

让阳光照进屋子

一座寺庙里有一间阁楼，一直空关着，窗上布满了厚厚的灰尘，屋内十分阴暗。

两个小和尚看见阳光明媚，觉得应该让阳光照进屋子里来。于是，他俩就商量说："我们何不把外面的阳光扫进来呢？"兄弟俩一人拿扫帚一人拿畚箕，兴高采烈地到屋外去扫阳光。他们小心翼翼地把地上的阳光扫进了畚箕，然后搬进阁楼。可还没等他们把畚箕搬到阁楼，畚箕里的阳光就没有了。就这样，他们扫了一次又一次，阁楼里还是一片昏暗。

“为什么我们这么努力，阁楼里还是没有阳光呢？”这个问题一直困扰着他们。

方丈恰巧走过，看见他们奇怪的举动，问道：“你们在做什么？”

他们回答说：“房间太暗了，我们要扫点阳光进来。”

方丈笑道：“只要把窗户打开，阳光自然会进来，何必去扫呢？”

酷评

敞开你的心扉

人是社会的人，人与人的交际，需要我们敞开自己的心扉。

现实生活中，自我封闭的人不占少数。例如，当进入一个新团体、接触陌生人的时候，很多人虽然强烈地渴望交流，但总是担心别人不能主动接近他们、关心他们。这种担心忽视了人际交往的双向性，只要求对方无条件地开放和接纳，而自己却又不愿意敞开心扉。心灵窗户的关闭，会使自己故步自封，看不见自己身上的缺点，所看见的全是对方的不对。

开放自我是有感染力的，你对别人开放，别人也会对你开放。当你抬头对着太阳微笑的时候，你难道不觉得天更蓝，水更清呢？

走出自我封闭的圈子以后，你不仅会对世界有更深一层的认识，更重要的是对自己也会有新的认识和体验。敞开心扉，不是无能的体现，也不表示缺乏独立性。敞开心扉，是人格力量和独特魅力的体现。

敞开你的心扉，让阳光洒进来，让自己完完全全地沐浴在阳光下。如果不敞开心扉，即使沐浴在阳光下，你也不会觉得温暖。

故事37

值得

一个叫吉姆的士兵看到自己战友在战斗中倒下。

此时他正在战壕中，子弹从头顶“嗖嗖”飞过，他请求中尉让他到战壕之间的“无人区”去带回那倒下的战友。

“你可以去”，中尉说，“不过我觉得这不值得。你的朋友多半已经牺牲了，并且你可能会送掉性命。”

但是，中尉的劝告没有作用，吉姆还是去了。

吉姆奇迹般地找到了那个战友，把他背回了战壕。

可惜，途中吉姆中弹，两人一起摔进了战壕。

中尉给两人检查伤情，然后惋惜地说：“我告诉过你的，这不值得。你的战友已经死了，你也受了致命伤。”

“可这是值得的，长官。”

“什么，值得？但是你的战友已经死了！”

吉姆回答道：“长官，他现在是死了。但我所做的一切是值得的，因为当我来到他身边时，他还活着。我听到他说：‘吉姆，我就知道你会来！’”

酷评

信任比生命更重要

这个世界上有一样东西，与我们的生命一样重要，那就是朋友的生命。这个世界上有一样东西，比我们的生命更重要，那就是朋友的信任。所以，故事里的吉姆哪怕自己明摆着会受伤、会牺牲，也要把朋友救回来。

这里还有这样一个类似的故事：

有个小女孩叫南希，在海水退潮的时候，为了捉一条小鱼，她被海浪卷进了海里。她的母亲知道后痛哭流涕，连忙找到了经常出海的船长。

当时，天已经黑了，海上还刮起了大风，很多村民都劝船长，找到孩子的可能性很小，南希可能早就被鲨鱼吃了，现在出去只有白白牺牲。南希的母亲也动摇了，但是船长得知后还是下令要找到南希。

奇迹发生了。船长用望远镜看到南希的时候，她正艰难地抓着一块木板，没被鲨鱼吃掉。船长把南希救上来以后，问了这么一句话："孩子，你为什么没有放弃求生的希望？"

南希认真说："我知道您会来，我知道您是这样的人！"

船长感叹道："这句话，是对我一生的最高奖赏。"

故事 38

上帝的惩罚

有一位犹太教的长老，酷爱打高尔夫球。在一个安息日，他觉得手痒，很想去挥杆。

但犹太教规定，信徒在安息日必须休息，什么事都不能做。这位长老却终于忍不住，决定偷偷去高尔夫球场，想着打进九个洞就好了。由于安息日犹太教徒都不会出门，球场上一个人也没有，因此长老觉得不会有人知道他违反规定。

然而，当长老在打第二洞时，就被天使发现了。天使生气地到上帝面前告状，说某某长老不守教义，居然在安息日出门打高尔夫球。

上帝说，会好好惩罚这个长老。

第三个洞开始，长老打出超完美的成绩，几乎都是一杆进洞，长老兴奋莫名。

到打第七个洞时，天使又跑去找上帝："上帝呀，你不是要惩罚长老吗？为何还不见有惩罚？"

上帝说："我已经在惩罚他了。"

直到打完第九个洞，长老都是一杆进洞。因为打得太神了，于是长老决定再打九个洞。

天使又去找上帝了："到底惩罚在哪里？"

上帝只是笑而不答。

打完十八洞，成绩比任何一位世界级的高尔夫球手都优异，长老乐坏了。

天使很生气地问上帝："这就是你对长老的惩罚吗？"

上帝说："正是。你想，他有这么惊人的成绩，这么兴奋的心情，却不能跟任何人说，这不是最好的惩罚吗？"

荣枯瞬息万变
方成画
老潘印信

人生需要分享

生活需要伴侣，快乐和痛苦都要有人分享。欢乐，与别人分享后扩大成两倍；痛苦，与别人分享后则减少了一半。没有人分享的人生，无论面对的是快乐还是痛苦，都是一种惩罚。

上帝给这位犹太教长老的惩罚，就是不让他与别人分享自己的喜悦。人是一种群居动物，要与人为伴。所谓伙伴，就是一些与你相似的人。

人生中最大惩罚之一就是：你很想对一些人说“我爱你”，却总是说不出口。与什么样的人结婚才最可能会幸福？答案是：与你相似的人。

人生需要伴侣，但我们往往会错误地认为，许多话不说出口才是明智的。因此，我们就没有了快乐。

故事39

一个半朋友

从前，有一个行侠仗义、广交天下豪杰的英雄。他临终前对儿子说：“别看我自小闯荡江湖，结交之人多如牛毛，其实我这一生只交了一个半朋友。”

儿子不解。他的父亲说：“你按我说的去见见我的这一个半朋友，你自然就会懂得什么是朋友了。”

儿子先去了他父亲认定的“一个”朋友那里。按父亲教授的话说道：“我是某某的儿子，现在正被朝廷追杀，情急之下投身你处，希望予以搭救！”这人一听，不假思索就叫来自己的儿子，让他们两人对调衣服。

儿子明白了：在你生死攸关的时刻，那个不惜牺牲自己或割舍亲生骨肉来搭救你的人，可以算一个朋友。

儿子又去了父亲所说的“半个朋友”那里。他把同样的话又说了一遍。这“半个朋友”一听，就对面前这个求救的“朝廷要犯”说：“孩子，这等大事我救不了你，我这里给你足够的盘缠，你远走高飞快快逃命，我保证不会告发你……”

儿子明白了：在你患难的时刻，那个能够明哲保身、不落井下石加害你的人，可以算上半个朋友。

酷评

善待别人就是善待自己

自古以来，中国的朋友观，便是生死之交一碗酒。你可以广交朋友，也不妨用心对待朋友，但绝不可以苛求朋友给你同样的回报。

谁都不能轻易地说：自己对得起任何一位朋友。因为你也可能在无意间得罪了你的朋友，但只要不是故意的就好！不让朋友失望，朋友也同样不会让你失望。朋友间的伤害往往是无心的，帮助却是真心的。忘记那些无心的伤害；铭记那些对你的真心帮助，你会发现这世上你有很多真心的朋友。

阿姆斯特朗在迈上月球时，因一句“对于个人来说，迈出了一小步；而对于人类，却是迈出了一大步”而家喻户晓。一同登月的宇航员，还有一位叫奥尔德林，虽然对我们来说很陌生，但同样让我们敬佩。

在庆祝登月成功的记者招待会上，有一位记者突然向奥尔德林提出了一个很尖锐的问题：“作为同行者，阿姆斯特朗成为登陆月球的第一个人，你是否感觉到有点遗憾？”

现场轻松的气氛一下子凝固了，在众人有点尴尬的注目下，奥尔德林很风趣地回答道：“各位，千万别忘记了，回到地球时，我可是最先迈出太空舱的！”他环顾四周后笑着说：“所以我是从别的星球来到地球的第一个人。”

大家在笑声中，给予了他最热烈的掌声！

故事 40

借钱

一个学者拜访一位德高望重的智者，恰逢智者的一位朋友来还钱。

那人走后，智者拿着钱感叹道：“失而复得的钱，失而复得的朋友！”

学者不解。

智者缓缓说道：“我把钱借给朋友，但从来不指望他们还。因为我知道，如果他因为没有钱而还不了，那以后肯定不好意思再来，我吃亏的话也就这么一次；如果他有钱但想赖账，那么他就肯定不敢再来，所以我等于花点钱认清一个朋友的真面目。”

学者连连点头称是。

智者又说：“其实，朋友如果借钱的话，只要数目不太大，我都会答应的。借出以后，我从来不讨债，因为讨债难免不雅甚至伤了和气。因此，很多时候我把钱借出去，就感觉似乎把朋友也借了出去。”

“我明白了！”学者说道，“这样，当您没有开口，但是您的朋友如约将钱还来的时候，您就感到了朋友失而复得的快乐，是吧？”

“对！”智者说，“这不正是一种平和而又完满的境界吗？”

酷评

金钱是友谊的杀手

关于朋友，外国人与中国人的看法是有所区别的。英国著名诗人赫巴德认为：“一个不是我们有所求的朋友，才是真正的朋友。”中国人则认为：“在家靠父母，出门靠朋友”“多个朋友多条路。”从先人的忠告中，我们不难看出友情中所包含的“实用主义”。

俗话有云：“有借有还，再借不难”“救急不救穷”，说的都是有关借钱的真理。古语曰：“君子之交淡若水；小人之交甘若醴。”以义择友，方为君子之交；以利结朋，则为小人之交。朋友之间借钱，则可能就是一桩让双方都觉尴尬的难事了。其实，关于如何看待金钱与朋友，中国最著名的古话是：“金钱如粪土，仁义值千金。”

就像故事里面的那个智者一样，只要朋友借的钱数目不太大，你还损失得起，那么借也无妨。若是他真能按时还钱，那么正好你助人为乐，并且双方欢喜；如若不还，你何不权当花钱买了个教训，认识了“朋友”的真面目，那也值得，总比以后在危难时刻再发现朋友的真正本质来得好。

西方人则又不同，在美国可以说任何事情——谈性、骂总统，唯独不能谈借钱。要借钱，只能向银行借。

名人名言

益者三友：友直、友谅、友多闻。

——孔子

友情在我过去的生活里就像一盏明灯，照彻了我的灵魂，使我的生存有了一点点光彩。

——巴金

谈到名声、荣誉、快乐、财富这些东西，如果同友情相比，它们都是尘土……

——达尔文

有时，与其一整天的冥思苦想，不如与朋友作一小时的促膝交谈，更能使人鼓起生活的勇气。

——培根

于顺境中交朋友只需费一举手之劳；在困厄时寻找友谊简直比登天还难。

——爱比克泰德

友谊是培养人的感情的学校。

——苏霍姆林斯基

友谊就是人生的最大愉快。

——休谟

友谊是人生的美酒。

——爱·扬格

友情是天堂，没有它就像下地狱；友情是生命，没有它就意味着死亡。

——莫里斯

友情是照亮我一生的明灯。

——巴金

世间最美好的东西，莫过于有几个头脑和心地都很正直的严正的朋友……

——爱因斯坦

朋友是另一个自己。

——西塞罗

朋友是心灵的希望。

——爱默生

对一个尚未成熟的少年来讲，坏的伙伴比好的老师起的作用要大得多。

——伊索

很多显得像朋友的人其实不是朋友，而很多是朋友的倒并不显得像朋友。

——德谟克里特

结交非贤者，难免生爱憎。

——孟郊

最好的朋友是那种不喜欢多说，能与你默默相对而又息息相通的人。

——高尔基

父亲是财源，兄弟是安慰；而朋友既是财源，又是安慰。

——富兰克林

除了一个真心的朋友之外，没有一样药剂是可以通心的。

——培根

老朋友是一面最好的镜子。

——赫伯特

人生的苦难是不能得一知己。

——罗曼·罗兰

忠贞不渝的至交是件踏破铁鞋无觅处的稀世珍宝。

——普卢塔克

患难识知己。

——欧里庇得斯

当我们从富翁沦为穷光蛋时，困境会告诉我们谁是知己，谁是势利的小人。

——约·德莱顿

除了一个知心挚友以外，没有任何一种药物可以治疗心病。

——培根

同心而共济，始终如一。

——欧阳修

只要莫逆之交的真情洋溢与世态炎凉的

残酷有了比较，一个人才会恍然大悟。

——巴尔扎克

谁喜欢什么样的朋友，谁就是什么样的人。

——伊索

我们交友，并不是要求别人赞同自己的行为，需要的只是理解。

——海涅

过分了解或者彼此不了解，同样妨碍彼此接受。

——列夫·托尔斯泰

选择一条喜爱的思想路线很容易，但是创造一个由知心朋友构成的、称心的生活圈子却非常困难。

——高尔基

交朋友并影响别人的最稳妥的办法，尊重对方的意见，让他能有重要感。

——卡耐基

人们不会轻易地就达到相互了解，即使有最美好的意思和最善良的目的。再说，恶意会把一切都破坏无遗。

——歌德

找朋友的唯一方法，是自己成为别人的朋友。

——爱迪生

最有效的结交朋友的窍门是对别人真心诚意。

——卡耐基

多和朋辈交游，无疑是医治心病的良方。

——泰戈尔

后记

成为“知道”的人

人分四种：不知道自己不知道，知道自己不知道，知道自己知道，不知道自己知道。其实，这也是个人要经历的四个阶段。

如何成为“知道”的人？

我担任大学老师40年，天天“传道授业解惑”，教过的学生数以千计。在与几代学生朝夕相处中，充分了解年轻人的所思所想，常常讲述一些经典故事来引导学生更新观念，也曾出版过十多本故事书，并欣喜地看到，我们的故事被一些知名企业用于内部培训。

通过对毕业生的追踪调查，发现在社会上成长得最好的那部分毕业生，大多不是学校里面传统意义上的好学生，由此引发深入思考。究其原因，不仅仅是智商与情商问题，更在于深层次的认知与观念水平。

为引领当今的年轻读者在最短时间里迅速更新观念，走上成功道路，开创全新人生，我们精选了古今中外的经典故事，从故事的文化背景看，有东方的与西方的故事；从故事的内容看，有禅宗的、道家的，以及幽默故事等。与一般故事书不同，每则故事后面都有详细解读，引发思考。

如今的这套“人生 360 度 · 一分钟经典故事”，包括《不知道自己不知道》《有一种人生叫等待》《没有上锁的门》《只有一根柱子》《画好自己的底线》《宽容是件奢侈品》6 本。除了故事，除了酷评，我们还汇集了相关的名人名言，配以读者喜闻乐见的漫画。我们希望通过这些内容，揭示人生智慧，传播现代观念，让每一位读者成为“知道”的人。我们坚信：更新观念，是走向成功的必由之路。

在此，感谢参与丛书编写的陈鸣、戴旻理、金怡、金婕、陆雅茹、徐蕾蕾、马骏骥等合作者，尤其要感谢漫画家、篆刻家潘方尔先生与上海辞书出版社文化读物编辑室主任朱志凌先生。

康桥写于 2024 年开学季

图书在版编目(CIP)数据

没有上锁的门 / 康桥编著；潘方尔绘．—上海：上海辞书出版社，2024．—(人生 360 度：一分钟经典故事)．—ISBN 978-7-5326-6265-4

Ⅰ．I14

中国国家版本馆 CIP 数据核字第 20249KF106 号

人生 360 度·一分钟经典故事

没有上锁的门

康　桥 编著　潘方尔 绘

策划统筹	朱志凌	**书名篆刻**	潘方尔
责任编辑	朱志凌	**图片编辑**	洪　文
文字编辑	李婉青	**整体设计**	零贰壹肆设计工作室
技术编辑	楼微雯		

出版发行　上海世纪出版集团
上海辞书出版社®（www.cishu.com.cn）

地　　址　上海市闵行区号景路 159 弄 B 座(邮政编码:201101)
印　　刷　浙江经纬印业股份有限公司
开　　本　787 毫米×1092 毫米　1/32
印　　张　6.75
字　　数　85 000
版　　次　2024 年 9 月第 1 版　2024 年 9 月第 1 次印刷
书　　号　ISBN 978-7-5326-6265-4/I·590
定　　价　39.80 元